DeepSeek
高效办公助手

——企业全岗位效率提升教程

朱浩崴　　王四平　　胡景添 | 著

团结出版社

图书在版编目（CIP）数据

DeepSeek 高效办公助手 / 朱浩崴，王四平，胡景添

著 . -- 北京：团结出版社，2025. 3. -- ISBN 978-7

-5234-1639-6

　Ⅰ . TP18

中国国家版本馆 CIP 数据核字第 2025GH6594 号

出　　版：团结出版社

　　　　　（北京市东城区东皇城根南街84号　　邮编：100006）

电　　话：（010）65228880　65244790

网　　址：http://www.tjpress.com

E-mail：zb65244790@vip.163.com

经　　销：全国新华书店

印　　装：三河市龙大印装有限公司

开　　本：170mm×240mm　　16开

印　　张：17

字　　数：200千字

版　　次：2025年3月第1版

印　　次：2025年3月第1次印刷

书　　号：ISBN 978-7-5234-1639-6

定　　价：68.80元

目 录

第四部分　提问技巧及本地智能搭建

第九章　提问技巧 // 238

第十章　本地智能体搭建 // 246

第一部分

DeepSeek 平台简介及使用指南

第一章 DeepSeek 平台简介

1.1 DeepSeek 平台的功能和特点

DeepSeek 平台是一款基于人工智能的工具，它整合了深度学习技术，支持大规模数据分析、自然语言处理及多模态数据（包括文本、图像、语音等）的高效处理。

1.DeepSeek 平台的主要功能

（1）自然语言理解与生成：支持多种语言的文本生成、摘要、翻译和情感分析。

（2）代码生成与优化：能够根据用户需求自动生成代码，并提供优化建议。

（3）数据分析与预测：支持数据可视化、趋势预测和异常检测。

（4）对话交互：能够与用户进行智能对话，回答问题并提供建议。

（5）个性化推荐：基于用户历史使用情况，提供个性化的内容推荐。

2.DeepSeek 平台的主要特点

（1）高效性：基于先进的 AI 技术，处理速度快，响应及时。

（2）可扩展性：支持大规模数据处理，可适应不同业务需求。

（3）易用性：提供直观的用户界面，无需复杂的技术背景即可使用。

（4）安全性：具备严格的数据隐私保护措施，确保用户数据安全。

1.2　DeepSeek 平台的应用场景

DeepSeek 平台适用于多个行业和领域，以下是一些典型的应用场景：

1. 学术研究：快速检索文献、自动生成文献综述框架。

2. 商业决策：实时市场数据分析与可视化报告生成。

3. 教育领域：个性化学习路径推荐与智能答疑系统。

4. 开发支持：代码自动补全、错误调试建议。

5. 创意生产：辅助生成营销文案、设计草图优化。

1.3　DeepSeek 平台的使用方法

DeepSeek 平台的使用方式非常简单，用户可以通过以下步骤快速上手：

1. 访问官网：在浏览器中打开 DeepSeek 平台的官方网站：https://chat.deepseek.com/。

2. 注册账户：使用邮箱或手机号注册一个新账号。

3. 登录系统：输入账号密码进行登录。

4. 选择功能：根据需求选择不同的 AI 工具，如文本生成、数据分析等。

5. 输入数据：上传文本、代码或数据集并输入要求，或直接输入问题。

6. 查看结果：等待 AI 分析完成后，用户可以查看和复制结果。

7. 调整优化：用户可根据结果选择重新生成，或根据需求调整输入问题的描述，优化生成结果。

第二章 DeepSeek 平台使用指南

2.1 注册和登录

要使用 DeepSeek 平台，首先需要注册一个账号。

1. 注册流程

（1）访问 DeepSeek 官方网站：https://www.deepseek.com/，并点击开始对话。

（2）点击"注册"按钮。

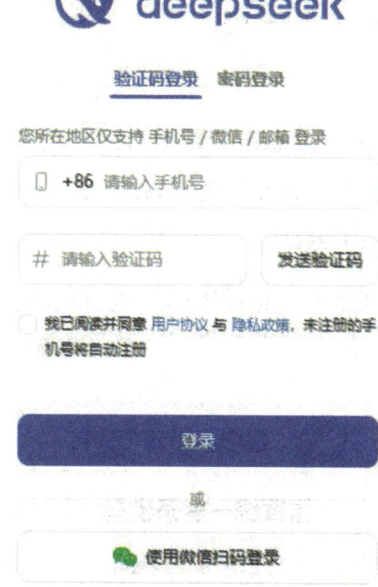

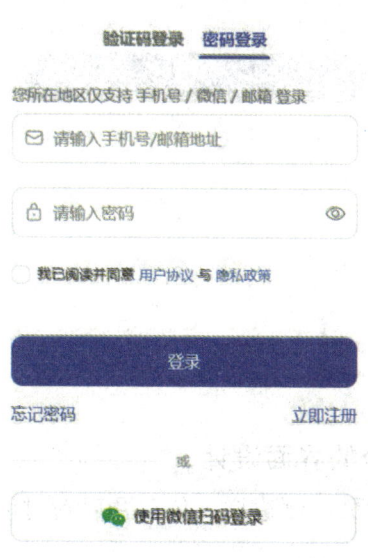

（3）输入邮箱或手机号，并设置密码。

（4）完成验证码验证。

（5）点击"提交"完成注册。

2. 登录流程

（1）在 DeepSeek 官网首页点击"开始对话"进入登录界面。

（2）输入注册时的邮箱/手机号和密码。

（3）点击"登录"进入系统。

（4）若忘记密码，可点击"忘记密码"进行找回。

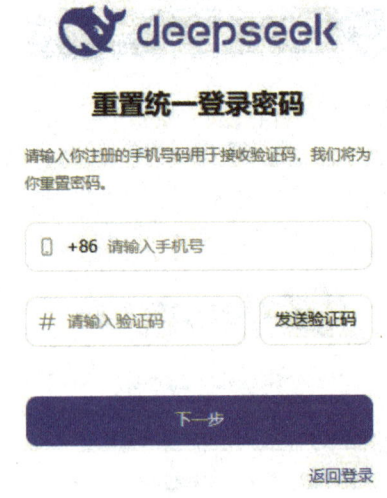

2.2 界面介绍

1.DeepSeek 平台的界面设计

（1）导航栏：位于页面侧边栏，包含开启新对话、历史对话记录、个人信息等。

（2）主工作区：用户可在此输入文本、代码或数据进行分析。

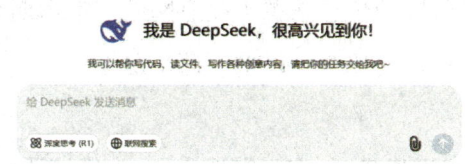

（3）对话模式：在和 DeepSeek 进行对话时可单击选择深度思考、联网搜索模式，其特点、基本流程和使用场景见后文。

2. 特点

（1）深度思考模式

①知识库基础

基于截至 2023 年 12 月的海量公开数据进行训练（书籍、论文、网络文本等）。

②能力范围

——多步骤推理（如数学计算、哲学思辨等）。

——观点对比（如技术路线优劣分析）。

——方案设计（如学习计划、商业策略等）。

——文本创作（如故事生成、代码编写等）。

③处理流程

问题接收 → 意图识别 → 知识库检索 → 逻辑链构建 → 多方案验证 → 结构化输出。

④限制

——无法获取实时信息（如最新新闻、股价等）。

——不包含未公开的隐私数据。

（2）联网搜索模式

①适用场景

需要实时信息（如新闻、学术进展、事件追踪等）或特定数据验证的问题。

②特点

——实时性：通过搜索引擎访问最新网页内容。

——精准性：定位权威信息来源（政府网站、学术期刊）。

——多源交叉验证（对比 3 个以上可信来源）。

③处理流程

问题解析 → 关键词生成 → 多引擎搜索 → 内容摘要提取 → 可信度评估 → 来源标注。

④限制

——受网站访问权限限制（如付费墙内容）。

——需人工判断信息可靠性。

（3）用户使用建议

①明确需求类型

——需要创意 / 推理 → 深度思考模式。

——需要事实 / 数据 → 联网搜索模式。

②混合提问技巧

——先搜索 2023 年全球气候报告，再分析对农业的影响。

——检索 OpenAI 最新论文，用通俗语言解释技术突破。

两种模式互为补充，可根据问题复杂度自由组合，旨在提供最精准可靠的解决方案。

2.3 基本操作

在 DeepSeek 平台上，用户可以轻松执行以下基本操作：

1. 文本生成：输入关键词，平台将生成相关文本内容。

写一篇关于人工智能未来发展的短文，字数在300字左右。

人工智能：从工具到伙伴的进化之路

人工智能正以惊人的速度重塑人类社会。从最初的简单算法到如今的深度学习，AI已经完成了从工具到助手的蜕变。在医疗领域，AI辅助诊断系统能够快速分析海量医学影像；在金融行业，智能投顾为投资者提供精准的市场分析；在教育领域，自适应学习系统为每个学生定制个性化学习方案。这些应用场景表明，AI正在从单一的工具属性，向具有协作能力的智能助手转变。

未来十年，AI将迎来从助手到伙伴的跨越式发展。随着情感计算和认知科学的突破，AI将具备更深层次的理解能力和情感交互功能。在医疗领域，AI不仅能够诊断疾病，还能为患者提供心理疏导；在教育场景中，AI将扮演亦师亦友的角色，既传授知识又关注学生的心理成长。这种转变将使AI真正成为人类的智能伙伴，在更多领域与人类展开深度协作。

面对AI的快速发展，我们需要建立新的伦理框架和协作模式。人机协作不是简单的工具使用，而是基于相互理解和信任的伙伴关系。只有坚持"以人为本"的发展理念，才能确保AI技术始终服务于人类福祉，实现人机和谐共处的美好未来。

2. 代码补全：输入代码片段后，AI会自动补全并优化代码。

补全以下HTML代码，创建一个包含标题和段落的简单网页：<html><body>

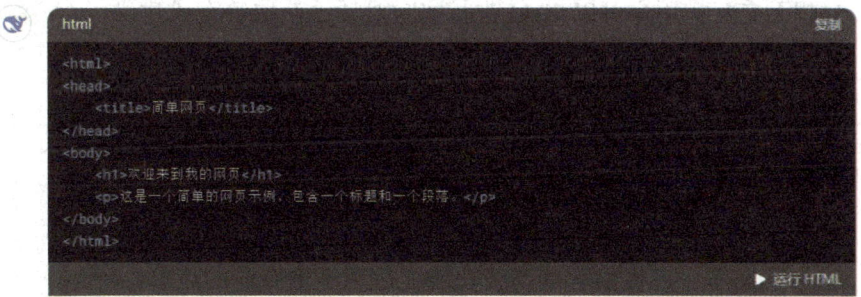

```html
<html>
<head>
    <title>简单网页</title>
</head>
<body>
    <h1>欢迎来到我的网页</h1>
    <p>这是一个简单的网页示例，包含一个标题和一个段落。</p>
</body>
</html>
```

解释：

- **<html>**：定义HTML文档的根元素。
- **<head>**：包含文档的元数据，如标题。
- **<title>**：定义浏览器标签页上显示的标题。
- **<body>**：包含网页的可见内容。
- **<h1>**：定义一级标题。
- **<p>**：定义一个段落。

这个HTML代码创建了一个简单的网页，包含一个标题和一个段落。

9

3. 数据分析：上传数据集，平台自动进行统计分析和可视化。

请对上传的销售数据进行分析，分析销售趋势。

根据上传的销售数据，我们可以进行以下分析：

销售趋势分析

1. **整体趋势**：
   - 销售额从2023年1月的120万元增长到12月的220万元，整体呈现**稳步上升**的趋势。
   - 全年销售额增长了约83.3%（从120万元到220万元），表明业务增长显著。

4. 翻译与摘要：输入文本，DeepSeek 提供精准的翻译或摘要。

将以下英文文本翻译成中文：The future of AI is promising, with advancements in machine learning and natural language processing.

人工智能的未来充满希望，机器学习和自然语言处理领域不断取得进展。

5. 聊天交互：用户可以与 AI 进行实时对话，获取答案或建议。

2.4 高级功能

DeepSeek 平台还提供一些高级功能，适用于更专业的需求：

1.API 调用：开发者可通过 API 将 DeepSeek 功能集成到自己的应用中（DeepSeek API 文档：https://api-docs.deepseek.com/zh-cn/）。

2. 批量处理：支持一次性处理多个文本或数据，提高效率。

3. 模型微调：允许高级用户上传自定义数据，优化 AI 生成效果。

4. 自动化任务：可设置定时任务，让 DeepSeek 定期执行分析或报告生成。

第二部分

岗位应用

第三章 老板、总经理工作场景

3.1 年度经营计划制定

案例说明

某图书出版公司计划在2025年聚焦抖音渠道，将公司打造成一个和出版社合作专门为抖音渠道策划、出版新品类图书的公司。目标是新增500万元的销售额。要做一份年度经营计划。

【技术工具】步骤说明

本任务依托DeepSeek平台的对话交互功能，操作步骤如下：

1. 明确提问框架。

2. 填写自己可以补充的内容及自己的特殊需求。

3. 对于不满意的部分可以单独提问进行补充。

4. 将不满意部分的修改结果粘贴到第一次的内容里面，适当修改一下就可以了。

【第一次提问】

　　按提问框架填写自己可以补充的内容及自己的特殊需求。（若没有数据或某项需求，可以删除这项提问内容。例如没有风险控制这个项目的需求，提问时可以不加这个内容。）

提问公式：任务＋目标＋市场分析＋竞争策略＋营销计划＋运营计划＋风险控制＋年度预算＋绩效考核＋执行计划

 任务：帮我做一份抖音渠道的图书年度经营计划。

　　（1）目标：增加 500 万元的销售额，做到 150 万元的毛利润。

　　（2）市场分析：从抖音商品榜单分析 2024 年 1 月到 2025 年 2 月图书销售的品类排行榜，确定出版方向。

　　（3）竞争策略：推荐一些差异化的竞争策略。

　　（4）营销计划：从销售端推荐目前销售情况好的带货渠道，主要是通过批发方式。

　　（5）运营计划：想加大对相关核心人员的激励，优化收入分配、控制成本的方法。

　　（6）风险控制：如何减少库存，增加流转。

　　（7）年度预算：原来投入 160 万元，预计增加投入 80 万元。

　　（8）绩效考核：推荐一些好的考核方式。

　　（9）执行计划：目标如何推进和执行。

 DeepSeek 回答：

抖音渠道图书年度经营计划

一、计划背景

　　在数字化阅读和电商蓬勃发展的当下，抖音凭借其强大的流量优势和多元化的营销场景，成为图书销售的重要渠道。为进一步挖掘抖音平台的销售潜力，特制定本年度经营计划，目标是实现销售额增长 500 万元、毛利增长 150 万元，并对 2024 年 1 月起的抖音榜单进行分析，以把握市场趋势，精准定位目标客户群体。

二、市场分析

抖音平台图书市场现状

抖音的用户群体庞大且多元化，涵盖了不同年龄、地域和兴趣爱好的人群。通过短视频、直播等形式，图书能够以更加生动、直观的方式呈现给用户，激发他们的购买欲望。目前，抖音图书市场呈现出快速增长的态势，各类图书品类均有一定的市场需求。

2024 年 1 月起抖音榜单分析

●榜单类型及特点：抖音图书榜单包括畅销榜、新书榜、飙升榜等。畅销榜反映了当前市场上最受欢迎的图书，新书榜关注新出版的热门书籍，飙升榜则体现了短期内热度快速上升的图书。

●热门品类：通过对 1 月起榜单的分析，发现文学、社科、少儿等品类的图书占据榜单前列。文学类图书以经典名著、畅销小说为主；社科类图书涵盖经济、历史、心理学等领域；少儿类图书包括绘本、儿童文学等。

●趋势洞察：结合榜单数据和用户评论，发现具有话题性、实用性和趣味性的图书更容易受到用户关注，同时，与热门影视、综艺相关的图书也会迎来销售热潮。

三、目标设定

销售目标：在本经营年度内，实现抖音渠道图书销售额增长 500 万元，达到 [具体销售额目标] 万元。

毛利目标：实现毛利增长 150 万元，毛利率保持在 [具体毛利率目标]% 以上。

用户目标：增加粉丝数量 [具体数量]，提高用户活跃度和忠诚度，提升用户复购率。

四、策略与执行

......

（注：欲知详情请扫二维码，后省略号同）

五、资源需求

......

六、风险评估与应对

......

七、结语

......

【第二次提问】

对于抖音市场品类的分析我感觉不是很满意，要补充一下：

市场分析中榜单信息只有 2024 年 1 月的抖音榜单分析，请分析 2024 年全年的数据及 2025 年 1 月、2025 年 2 月的数据。

 DeepSeek 回答：

抖音图书市场榜单数据分析（2024 全年及 2025 年 1-2 月）

结合抖音平台特征及行业趋势，基于公开数据与运营逻辑推测分析如下：（注：若需精准数据，建议接入抖音电商罗盘、蝉妈妈等第三方数据工具）

一、2024 全年品类趋势

季度	热销品类TOP3	增长特征	运营建议
Q1	1. 文学小说 2. 职场励志 3. 亲子教育	春节后自我提升需求爆发，职场类环比增长25% ① 亲子教育受寒假带动，占比提升至18% ②	开发职场技能+家庭教育组合套装
Q2	1. 心理学/情商类 2. 历史传记 3. 儿童科普	心理健康话题受关注，心理学书籍销量翻倍 ③ 科普类受"六一"节点推动，占比超20%	联动知识博主打造"心理学应用"专题内容
Q3	1. 财商启蒙 2. 艺术设计 3. 语言学习	暑期学习需求旺盛，少儿财商书单日销破万册 ④ 艺术设计类受"国潮文创"话题带动	推出"亲子财商共读营"直播活动
Q4	1. 年度畅销书合集 2. 健康养生 3. 工具书	双11期间套装书占比达35% ⑤ 健康养生类借"跨年健康计划"话题增长40%	策划"年度知识礼盒"，捆绑销售健康管理+效率工具类图书

二、2025 年 1-2 月关键数据

月份	现象级爆款案例	品类特征	策略启示
1月	《高效能人士的100个思维模型》日销2万+	- 自我提升类占主导（55%） - 企业团购订单环比增长30%（新年培训需求）⑥	开发企业定制版，增加"团队管理实战工具包"等增值内容
2月	《AI时代家庭教育指南》周销TOP1	- 亲子教育类爆发（春节假期带动） - AI+教育融合内容搜索量增长180% ⑦	布局AI科普绘本+家长指导书组合，捆绑赠送AI学习工具试用权限

三、出版方向建议

1. 聚焦三大核心赛道

● 职场进阶类：侧重可视化工具（如思维导图手册）+音频课程。

● 家庭教育类：开发"AI育儿指南""亲子财商游戏书"等创新形态图书。

● 文化IP衍生类：与热门影视剧/动漫联动出版（如《热辣滚烫》职场衍生书）。

……

3.2 业务模式优化方案

案例说明

某图书公司是一家专注于××领域的综合性出版机构。公司拥有××等优势，但也面临着销售增长乏力、数字化转型滞后、运营效率低下、用户黏性不足等挑战。目标是对公司的业务模式进行优化调整，增加500万元的销售额，加快数字化转型，优化运营效率，提高用户黏度。

【技术工具】步骤说明

本任务依托 DeepSeek 平台的对话交互功能，操作步骤如下：

1. 明确提问框架。

2. 填写自己可以补充的内容及自己的特殊需求。

3. 对于不满意的部分可以单独提问进行补充。

4. 将不满意部分的修改结果粘贴到第一次的内容里面，适当修改一下就可以了。

【第一次提问】

按提问框架填写自己可以补充的内容及自己的特殊需求。（若没有数据或某项需求，可以删除这项提问内容）

提问公式：任务 + 目标 + 现状分析 + 优化方向 + 实施方案 + 持续改进

任务：帮我做一份图书公司的业务模式优化方案。

（1）目标：增加500万元的销售额，加快数字化转型，优化运营效率，提高用户黏度。

（2）现状分析。

（3）优化方向：推荐一些行之有效的优化策略。

（4）实施方案：从图书公司的各个部门入手提出行之有效的方法。

（5）持续改进。

DeepSeek 回答：

××图书公司业务模式优化方案

一、目标

增加 500 万元的销售额

加快数字化转型

优化运营效率

提高用户黏度

二、现状分析

1. 行业背景

……

（注：欲知详情请扫二维码，后省略号同）

2. 公司现状

……

三、优化方向

1. 增加销售额

……

2. 加快数字化转型

……

3. 优化运营效率

……

4. 提高用户黏度

……

四、实施方案

1. 市场营销部

制定线上营销策略：制定详细的线上营销策略，包括目标用户分析、渠道选择、内容营销、社交媒体营销等。

开展精准营销：利用大数据分析用户数据，进行精准营销和个性化推荐，提高转化率。

策划促销活动：策划并执行线上线下的促销活动，吸引新用户，提高销售额。

2. 数字出版部

......

3. 编辑部

......

4. 运营管理部

......

五、持续改进

......

相信通过以上业务模式优化方案的实施，××图书公司能够有效应对行业挑战，提升自身竞争力，实现可持续发展。

这样我们就可以生成一份图书公司的业务模式的优化方案，若不满意可以针对不满意的地方进行进一步的提问。若感觉还可以，也可以进一步对细节进行提问。例如，我们想要针对上述生成的方案中市场营销部的"线上营销策略"制定出详细的方案，我们可以继续进行提问。

【第二次提问】

对于以上方案总体上我感觉很满意，请进一步针对上面的方案中市场营销部的"线上营销策略"制定出详细的方案。

 DeepSeek 回答：

××图书公司市场营销部线上营销策略详细方案

一、目标

提升品牌知名度，扩大品牌影响力。

增加网站流量，提高线上销售额。

获取更多潜在客户信息，建立用户数据库。

提高用户参与度和互动率，增强用户黏性。

二、目标用户分析

年龄段：××–×× 岁

职业：××、××、××

兴趣爱好：××、××、××

阅读习惯：××、××、××

消费习惯：××、××、××

三、渠道选择

搜索引擎优化（SEO）：优化网站结构和内容，提高网站在搜索引擎结果页面（SERP）中的排名，吸引更多自然流量。

搜索引擎营销（SEM）：在搜索引擎上投放广告，精准定位目标用户，提高网站流量和转化率。

社交媒体营销：在微信、微博、抖音等社交媒体平台上开设账号，发布优质内容，与用户互动，提升品牌知名度和用户黏性。

内容营销：在公司官网、微信公众号等平台发布原创文章、书评、作者访谈等内容，吸引目标用户，提高网站流量和用户参与度。

电子邮件营销：收集用户邮箱地址，定期发送电子邮件，推广新产品、促销活动等信息，提高用户转化率。

联盟营销：与相关网站、博客等合作，通过佣金的方式推广公司产品，扩大品牌影响力，增加网站流量。

四、内容营销策略

……

五、社交媒体营销策略

……

六、数据分析与优化

……

七、预算与资源

......

八、时间计划

......

九、预期效果

......

十、风险控制

......

这样我们就得到一份具体的方案，如果有不满意的再根据具体情况进行补充提问，如此反复进行下去，直到生成自己满意的结果为止。

3.3　成本优化实施方案

案例说明

某公司是一家全球领先的跨境电商公司，主要销售移动电源、充电器、数据线等消费电子产品。随着公司业务的快速发展，成本控制成为公司面临的重要挑战。

目标是提高成本费用利润率、存货周转率、劳动生产率和应收账款周转率，降低成本费用占收入比重和单位产品成本。

【技术工具】步骤说明

本任务依托 DeepSeek 平台的对话交互功能，操作步骤如下：

1.明确提问框架。

2.填写自己可以补充的内容及自己的特殊需求。

3.对于不满意的部分可以单独提问进行补充。

4.将不满意部分的修改结果粘贴到第一次的内容里面，适当修改一下就可以了。

【第一次提问】

首先我们要明确需求是成本优化方案，列出整体框架，再补充相关内容，比如具体目标是降低运营成本、提高资源利用率，还是减少浪费。然后，实施方案的步骤，要针对各个部门提出具体有效的优化措施。

提问公式：任务 + 目标 + 现状分析 + 优化策略 + 实施方案 + 风险控制 + 持续改进

 任务：帮我做一份跨境电商公司的成本优化实施方案。

（1）目标：成本费用利润率提升 5% 以上，成本费用占收入比重降低 5% 以下，单位产品成本降低 10% 以上，存货周转率提高 5 次，应收账款周转率提高 5 次，劳动生产率提高 20% 以上。

（2）现状分析。

（3）优化策略。

（4）实施方案：针对各个部门提出具体有效的优化措施。

（5）风险控制。

（6）持续改进。

DeepSeek 回答：

××跨境电商公司成本优化实施方案

一、目标

成本费用利润率提升 5% 以上

成本费用占收入比重降低到 5% 以下

单位产品成本降低 10% 以上

存货周转率提高 5 次

应收账款周转率提高 5 次

劳动生产率提高 20% 以上

二、现状分析

1. 行业背景

市场规模持续扩大：全球跨境电商市场规模持续增长，预计未来几年将保持高速增长态势。

竞争日益激烈：越来越多的企业进入跨境电商领域，市场竞争日趋激烈。

消费者需求多样化：消费者对产品质量、服务水平、物流时效等方面提出了更高的要求。

2. 公司现状

……

（注：欲知详情请扫二维码，后省略号同）

三、优化策略

1. 供应链优化

……

2. 物流优化

……

3. 运营效率提升

……

4. 产品优化

……

四、实施方案

……

五、风险控制

……

六、持续改进

……

以上是初步生成的一份成本优化方案，我们根据自己的公司情况进行优化调整。对其中不满意的可以继续提问，直到生成自己满意的方案为止。

3.4 制定现金流优化方案

案例说明

某中型服装企业面临严峻的现金流危机，其运营困境折射出服装行业在转型升级过程中普遍存在的痛点。截至 2025 年 3 月数据显示，企业库存周转天数已攀升至 180 天，较行业平均水平高出 40%，大量春夏装积压占用仓储面积超 3000 平方米，资金占用高达 2.3 亿元。与此同时，应收账款账龄结构恶化明显，3 个月以上账龄占比从 2022 年的 18% 激增至目前的 47%，最大单一客户回款逾期已达 145 天，计提坏账准备金比例同比上升 12 个百分点。在采购端，受棉花期货价格波动影响，核心面料采购成本同比上涨 19%，跨境物流费用因国际运价指数飙升导致单件成本增加 8 元，进一步挤压利润空间。

【技术工具】步骤说明

本任务依托 DeepSeek 平台的对话交互功能，操作步骤如下：

1. 先明确提问的目的、列出优化的框架。

2. 提出自己的主要优化方向。

3. 填写自己可以补充的内容及自己的特殊需求。

4. 对于不满意的部分可以单独提问进行补充，或继续追问细节问题。

5. 整合多次的结果，进行总结。

【第一次提问】

提出基本需求和分析框架。

提问公式：主题 + 目的

任务：请根据 ×× 服装公司财报及内部管理报告，帮我列出一个"现金流优化方案"的基本框架。

DeepSeek 回答：

一、库存管理

二、应收账款管理

三、应付账款管理

四、成本控制

五、融资与资金管理

六、销售与渠道优化

七、现金流监控与预测

【第二次提问】

按照列出的框架，有针对性地进一步填写公司的具体情况及自己的特殊需求（若没有数据或某项需求，可以删除这项提问内容）。

提问公式：任务 + 目标 + 现状分析 + 优化策略 + 实施方案 + 风险控制 + 持续改进

任务：帮我根据以下框架和目标做一份服装公司现金流优化的具体方案。

（1）目标：①库存管理优化；②应收账款管理：账期从 90 天缩短至 30 天；③应付账款管理：延长付款周期，从 30 天延长至 60 天；④成本控制；⑤融资与资金管理；⑥销售与渠道优化；⑦现金流监控与预测。

（2）现状分析：分析现金流量表，分析原因；评估运营现金流、投资现金流和融资现金流的占比及变化趋势；识别现金流波动的季节性特征及外部影响因素。

（3）优化策略。

（4）实施方案：针对上面的问题提出具体有效的优化措施。

（5）风险控制。

（6）持续改进。

DeepSeek 回答:

服装公司现金流优化方案

一、目标

库存管理优化:降低库存积压,提高库存周转率。

应收账款管理:将账期从 90 天缩短至 30 天,加速资金回笼。

应付账款管理:延长付款周期,从 30 天延长至 60 天,缓解短期资金压力。

成本控制:降低运营成本,提升盈利能力。

融资与资金管理:拓展融资渠道,优化资金使用效率。

销售与渠道优化:提升销售回款速度,优化渠道结构。

现金流监控与预测:建立现金流监控体系,加强预测能力。

二、现状分析

......

(注:欲知详情请扫二维码,后省略号同)

三、优化策略

......

四、实施方案

......

五、风险控制

......

六、持续改进

......

以上就是基于我们提问的需求生成的方案,通过以上方案,服装公司可以有效改善现金流状况,提升财务健康度和市场竞争力。当然在具体的操作过程中,需要根据实际情况进行多次提问,不断调整和优化,直到生成比较满意的结果。

3.5 调整薪酬体系设计

案例说明

某中型科技公司成立于 2015 年，主要从事软件开发，员工约 200 人。近年来，公司面临人才流失和利润增长放缓的双重压力。核心技术骨干流失率达 20%，主要原因是薪酬低于市场水平；薪酬结构以固定工资为主，绩效激励不足，员工动力下降；内部薪酬公平性存疑，老员工不满薪酬增长缓慢。同时，人工成本上升，进一步加剧了利润增长放缓的问题。

【技术工具】步骤说明

本任务依托 DeepSeek 平台的对话交互功能，操作步骤如下：

1. 先根据自己的需求提出问题，并分析出需要优化调整的方向；

2. 根据优化的方向，整理出优化的框架；

3. 填写自己可以补充的内容及特殊需求；

4. 对于不满意的部分可以单独提问进行补充，或继续追问细节问题；

5. 整合多次的结果，进行总结。

【第一次提问】

说明现状，可以直接在此处描述，或者在文档中写清楚后上传，并让其提出优化建议。

提问公式：现状 + 提出建议

任务：请根据公司的现状（某中型科技公司成立于 2015 年，主要从事软件开发，员工约 200 人。近年来，公司面临人才流失和利润增长放缓的双重压力。核心技术骨干流失率达 20%，主要原因是薪酬低于市场水平；薪酬结构以固定工资为主，绩效激励不足，员工动力下降；内部薪酬公平性存疑，老员工不满薪酬增长缓慢。同时，人工成本上升，进一步加剧了利润增长放缓的问题），提出一些关于调整薪酬体系、平衡员工期望与提高企业利润的优化方向建议。

DeepSeek 回答：

针对该中型科技公司的现状，以下是调整薪酬体系、平衡员工期望与提高企业利润的一些优化方向建议：

1. 提升薪酬以提高市场竞争力

2. 优化薪酬结构

3. 增强内部公平性

4. 控制人工成本

5. 加强员工沟通与反馈

6. 关注非经济性激励

通过调整以上方向，公司可以在控制成本的同时，提高员工满意度和积极性，吸引并保留核心人才，最终实现增长企业利润与平衡员工期望的双赢。

以上就是我们根据现状找到的优化方向，接下来就可以根据这些方向进一步制定详细的方案。

【第二次提问】

　　根据前面咱们想要优化的方向，列出基本框架并进一步填写公司的具体情况及自己的特殊需求（没有数据或特殊需求的项目，可以删除这个提问版块）。

提问公式：任务 + 背景与目标 + 调整原则 + 实施计划 + 预期效果 + 风险控制

 任务：帮我根据以下框架和目标做一份薪酬体系调整方案。

　　（1）背景与目标：降低人才流失率，强化绩效激励，确保薪酬与岗位价值、个人贡献匹配

　　（2）调整原则

　　（3）具体措施

　　（4）实施计划

　　（5）预期效果

　　（6）风险控制

 DeepSeek 回答：

科技公司薪酬体系调整方案

一、背景与目标

1. 背景

……

（注：欲知详情请扫二维码，后省略号同）

2. 目标

……

二、调整原则

……

三、具体措施

1. 薪酬水平调整

......

2. 薪酬结构优化

......

3. 岗位评估与内部公平性：

......

4. 成本控制与预算管理

......

5. 员工沟通与反馈：

......

四、实施计划

第一阶段（1～2个月）：

完成市场调研、岗位评估和薪酬结构调整方案设计。

与核心管理层沟通并确定调整方向。

第二阶段（3～4个月）：

实施薪酬调整，完成核心岗位薪酬提升和绩效奖金占比调整。

启动员工沟通计划，解释薪酬调整方案。

第三阶段（5～6个月）：

推出股权激励计划，完成老员工薪酬优化。

开展首次员工满意度调查，收集反馈。

第四阶段（持续进行）：

定期评估薪酬体系效果，根据市场变化和公司发展动态调整。

五、预期效果

......

六、风险控制

......

总结

本方案通过提升薪酬竞争力、优化薪酬结构、增强内部公平性和控制成本，来帮助公司平衡员工期望与企业利润，吸引和保留人才，提升员工积极性，同时实现可持续发展。

【第三次提问】

聚焦核心点。

提问公式：篇幅限定 + 聚焦核心点

 任务： 请帮我针对以上方案中第四部分的实施计划的第一阶段，制作一个薪酬结构调整方案。

DeepSeek 回答：

薪酬结构调整方案（第一阶段：1～2个月）

一、目标

完成市场调研与岗位评估：为薪酬结构调整提供数据支持。

设计薪酬结构调整方案：确定绩效薪酬占比、岗位薪酬带宽等关键要素。

与核心管理层达成共识：确保方案符合公司战略方向并获支持。

二、实施步骤

1.市场调研（第1～2周）

调研内容：

同行业（科技/软件开发）北京地区薪酬水平（25分位、50分位、75分位）。

核心岗位（如技术骨干、高级研发人员等）的市场薪酬范围。

绩效奖金、股权激励等非固定薪酬的行业标准。

调研方式：

委托第三方机构（如美世、中智等）进行薪酬调研。

参考招聘平台（如猎聘、BOSS直聘等）发布的薪酬报告。

分析竞争对手的招聘信息，了解其薪酬水平。

2.岗位评估（第3～4周）

评估工具：采用IPE（国际职位评估）工具，评估各岗位价值。

评估维度：岗位职责、技能要求、工作复杂度、贡献度等。

输出结果：确定岗位等级和薪酬带宽，为差异化定薪提供依据。

3.薪酬结构调整设计（第5～6周）

绩效薪酬占比调整：

将绩效奖金占比从现有的10%提升至20%～30%，强化激励作用。

针对不同岗位设置差异化绩效奖金比例（如技术岗位30%，支持岗位20%）。

......

三、输出成果

......

四、资源需求

......

五、风险控制

......

3.6 骨干员工激励方案

案例说明

某公司成立于2012年，主要从事智能手机、笔记本电脑等数码产品的线上线下销售，员工规模约200人。近年来，公司面临销售骨干流失、团队士气低落的问题，亟须通过激励方案提升员工积极性和稳定性。

【技术工具】步骤说明

本任务依托DeepSeek平台的对话交互功能，操作步骤如下：

1.先根据自己的需求提出问题，并分析出需要优化调整的方向；

2.根据优化的方向，整理出优化的框架；

3.填写自己可以补充的内容及特殊需求；

4.对于不满意的部分可以单独提问进行补充，或继续追问细节；

5.整合多次提问的结果，进行总结。

【第一次提问】

说清楚主题和需求。

提问公式：主题 + 需求

 任务：请根据公司的现状（主要从事智能手机、笔记本电脑等数码产品的线上线下销售，员工规模约200人。近年来，公司面临销售骨干流失、团队士气低落的问题），提出一些关于如何激励骨干员工的大方向建议。

DeepSeek 回答：

1.提升薪酬竞争力

市场对标：调研同行业、同地区薪酬水平，确保骨干员工薪酬达到市场75分位以上，吸引和保留核心人才。

绩效奖金：提高绩效奖金占比，将个人收入与销售额、利润贡献直接挂钩，激发员工积极性。

2.引入超额利润分享

超额奖励：对超额完成销售目标的团队或个人，按超额利润的一定比例发放奖励，增强团队凝聚力。

团队激励：设立团队奖金，鼓励销售与渠道团队协作，共同推动业绩增长。

3.实施长期股权激励

股权激励：对核心骨干授予限制性股票或期权，分阶段解锁，将员工利益与公司长期发展绑定。

解锁条件：设置公司业绩目标（如利润增长率）和个人绩效指标，确保激励与贡献匹配。

4. 提供职业发展机会

培训与晋升：为骨干员工提供专业培训（如销售技巧、管理能力）和清晰的晋升通道，帮助其成长。

轮岗机制：允许骨干员工在不同部门轮岗，拓宽视野，提升综合能力。

5. 强化非经济性激励

……

（注：欲知详情请扫二维码，后省略号同）

【第二次提问】

根据框架针对具体细节进行提问。

提问公式：任务 + 目标 + 激励对象 + 具体措施 + 实施计划 + 预期效果

任务：帮我根据以下目标做一份骨干员工激励的具体方案。

（1）目标：①提升薪酬竞争力；②引入超额利润分享；③实施长期股权激励；④提供职业发展机会；⑤强化非经济性激励；⑥加强沟通与反馈。

（2）激励对象。

（3）具体措施。

（4）实施计划。

（5）预期效果。

DeepSeek 回答：

骨干员工激励方案

一、目标

提升薪酬竞争力：吸引和保留核心人才，降低骨干员工流失率。

引入超额利润分享：激励团队超额完成业绩目标，增强团队凝聚力。

实施长期股权激励：将员工利益与公司长期发展绑定，提升员工忠诚度。

提供职业发展机会：帮助骨干员工成长，提升员工综合能力。

强化非经济性激励：增强员工成就感和归属感。

加强沟通与反馈：确保激励方案透明、公平并及时优化调整。

二、激励对象

销售团队骨干：负责线上线下销售的核心销售人员。

渠道管理骨干：负责经销商合作、渠道拓展的资深渠道经理。

管理团队骨干：区域经理、部门负责人等中层管理者。

三、具体措施

1.提升薪酬竞争力

……

2.引入超额利润分享

……

3.实施长期股权激励

……

4.提供职业发展机会

……

5.强化非经济性激励

……

6.加强沟通与反馈

……

四、实施计划

……

五、预期效果

……

总结

本方案通过提升薪酬竞争力、引入超额利润分享、实施股权激励、提供职业发展机会、强化非经济性激励以及加强沟通与反馈，来激发公司骨干员工的积极性和创造力，降低骨干人才流失率，提升团队士气，推动业绩持续增长。

以上就是我们通过 DeepSeek 工具生成的一个方案，还可以进行多次提问，然后整合优化，再针对此方案结合自己公司的实际情况进行相应的优化调整，这样我们就可以很轻松地得到一份行之有效的方案。

3.7 核心客户深度维护

大客户维护方案制定

案例说明

某公司成立于 2008 年，主要为金融、制造、零售等行业提供 IT 解决方案和服务，员工规模约 500 人。公司过去几年发展迅速，但近年来面临大客户流失率上升的问题，导致公司销售额和利润增长放缓。

【技术工具】步骤说明

本任务依托 DeepSeek 平台的对话交互功能，操作步骤如下：

1. 先根据自己的需求提出问题，并分析出需要优化调整的方向；

2. 根据优化的方向，整理出优化的框架；

3. 填写自己可以补充的内容及特殊需求；

4. 对于不满意的部分可以单独提问进行补充，或继续追问细节；

5. 整合多次的结果，进行总结。

【第一次提问】

说清楚主题和需求，针对此案例我们可以先分析大客户流失的原因，描述清楚问题的现状并分析原因。

提问公式：主题 + 需求

 任务：请帮我想一想金融公司的大客户流失的主要原因有哪些？

 DeepSeek 回答：

金融公司大客户流失的原因通常复杂多样，既包括外部竞争和客户需求变化，也涉及内部服务和管理问题。以下是金融公司大客户流失的主要原因：

一、外部原因

1. 市场竞争加剧

竞争对手提供更具吸引力的产品、服务或价格，抢走客户。

新兴金融科技公司用创新技术和用户体验吸引客户。

2. 客户需求变化

客户业务模式或战略调整，导致客户对金融服务的需求发生变化。

客户对数字化、个性化服务的需求增加，传统服务无法满足。

3. 经济环境波动

经济下行或行业不景气，客户缩减预算或调整投资策略。

二、内部原因

......

（注：欲知详情请扫二维码，后省略号同）

三、客户自身原因

......

总结

金融公司大客户流失的原因通常涉及市场竞争、服务质量、产品竞争力、沟通效率、个性化服务、客户关系维护等多个方面，要降低客户流失率，金融公司需从提升服务质量、优化产品、加强沟通、提供定制化解决方案、深化客户关系等方面入手，增强客户黏性和忠诚度。

上面剖析出了一些常见问题，公司可以根据具体情况分析自身出现哪些问题，再针对这些问题进一步提问。

【第二次提问】

根据公司的具体问题进一步制定对应的方案，提出具体的解决方案。

提问公式：任务＋目标＋具体措施＋实施计划＋预期效果

任务：帮我根据以下目标做一份大客户维护与流失问题解决的具体方案。

（1）目标：大客户流失率从 15% 降低至 5% 以下；提高问题解决效率；提升市场竞争力。

（2）具体措施。

（3）实施计划。

（4）预期效果

 DeepSeek 回答：

大客户维护与流失问题解决方案

一、目标

降低大客户流失率：将大客户流失率从 15% 降低至 5% 以下。

提升客户满意度：提高问题解决效率，增强客户信任感和忠诚度。

应对竞争压力：通过差异化服务和创新解决方案，提升市场竞争力。

二、具体措施

1. 建立大客户专属服务团队

......

2. 优化客户沟通与问题解决流程

......

3. 提供定制化解决方案

......

4. 加强客户关系维护

......

5. 应对竞争压力

......

三、实施计划

......

四、预期效果

......

总结

本方案通过建立专属服务团队、优化沟通流程、提供定制化解决方案、加强客户关系维护以及应对竞争压力，来帮助公司降低大客户流失率，提升客户满意度和市场竞争力，推动业绩持续增长。

这样一份"大客户维护与流失问题"解决方案就做成了，我们针对以上方案中若有不太满意的地方，可以再针对其中一点进行精确细致地提问，直到生成自己满意的方案为止。

3.8 客户分级与分级维护方案

案例说明

某公司成立于 2010 年，主要为中小企业提供 IT 基础设施建设和运维服务，客户数量超过 1000 家。随着业务增长，公司面临客户需求多样化、资源分配不均的问题，亟须通过客户分级与分级维护提升服务效率和客户满意度。

【技术工具】步骤说明

本任务依托 DeepSeek 平台的对话交互功能，操作步骤如下：

1. 先根据自己的需求提出问题，并分析出需要优化调整的方向；

2. 填写自己可以补充的内容及特殊需求；

3. 对于不满意的部分可以单独提问进行补充，或继续追问细节；

4. 整合多次的结果，进行总结整理。

【第一次提问】

说清楚主题和需求，先弄清楚 IT 服务商客户分级与分级维护需要从哪些方面入手。

提问公式：主题 + 需求

任务：请帮我想一想，作为 IT 服务商，客户分级与分级维护需要从哪些方面入手？

 DeepSeek 回答：

作为 IT 服务商，客户分级与分级维护是提升服务效率、优化资源配置和增强客户满意度的关键策略。以下是客户分级与分级维护需要从哪些方面入手的详细分析：

一、客户分级标准

● 客户价值

收入贡献：根据客户年服务费或合同金额进行分级（如高、中、低价值客户）。

利润贡献：考虑客户的服务成本与利润，筛选出高利润客户。

● 合作潜力

合作年限：长期合作客户通常具有更高的忠诚度和潜力。

成长性：客户所在行业的发展前景及其业务增长潜力。

● 战略重要性

行业地位：行业龙头企业或标杆客户，具有较高的品牌影响力。

合作深度：客户是否依赖公司提供的核心服务或解决方案。

二、分级维护措施

……

（注：欲知详情请扫二维码，后省略号同）

三、技术支持与资源配置

……

四、客户关系管理

……

五、绩效评估与优化

……

总结

IT服务商的客户分级与分级维护需要从客户价值、合作潜力、战略重要性等方面入手，制定差异化的服务策略，优化资源配置，并通过技术支持、客户关系管理和绩效评估确保方案有效执行。这一策略不仅能提升客户满意度和忠诚度，还能优化运营成本，推动公司业绩增长。

　　根据公司的具体问题，根据列出的框架，补充填写具体的细节（没有相应的内容也可以不用补充填写），进一步制定具体的解决方案。

提问公式：任务＋目标＋客户分级标准＋分级维护措施＋技术支持与资源配置＋客户关系管理＋绩效评估与优化＋实施计划＋预期效果

　　任务：帮我根据以下目标和框架做一份客户分级与分级维护方案。

　　（1）目标：提升客户满意度，优化资源配置，提高运营效率，推动业绩增长。

　　（2）客户分级标准。

　　（3）分级维护措施。

　　（4）技术支持与资源配置。

　　（5）客户关系管理。

　　（6）绩效评估与优化。

　　（7）实施计划。

　　（8）预期效果。

DeepSeek 回答：

TI 服务商客户分级与分级维护方案

一、目标

　　提升客户满意度：通过差异化服务满足不同级别客户的需求，增强客户黏性。

　　优化资源配置：将资源倾斜至高价值客户，降低低价值客户的服务成本。

　　提高运营效率：通过分级维护，提升服务响应速度和质量。

　　推动业绩增长：增加高价值客户续约率，引导中低价值客户升级。

二、客户分级标准

A 级客户（高价值客户）：

年服务费超过 50 万元，或合作年限超过 3 年。

行业龙头企业或战略合作伙伴。

B 级客户（中价值客户）：

年服务费在 10 万至 50 万元之间，或合作年限 1～3 年。

……

三、分级维护措施

……

四、技术支持与资源配置

……

五、客户关系管理

……

六、绩效评估与优化

……

七、实施计划

……

八、预期效果

……

总结

本方案通过客户分级与分级维护，帮助公司实现了资源优化配置和服务效率提升，显著提高了客户满意度和忠诚度，同时推动了业绩增长。这一方案可为其他 IT 服务商提供参考。

针对以上两次提问的结果，再结合自己公司的具体情况多次提问并调整，就可以制作出自己想要的方案。

3.9 行业分析报告

案例说明

某公司成立于 2005 年，主要从事大众类图书出版，涵盖文学、社科、少儿、教育等多个品类。近年来，公司销售额增长放缓，部分品类市场表现不佳，亟须通过市场分析明确问题并制定改进策略。

【技术工具】步骤说明

本任务依托 DeepSeek 平台的对话交互功能，操作步骤如下：

1. 明确提问框架。

2. 填写自己可以补充的内容及自己的特殊需求。

3. 对于不满意的部分可以单独提问进行补充，或继续追问细节问题。

4. 整合多次的结果，进行总结整理。

【 第一次提问 】

　　按提问框架填写自己可以补充的内容及自己的特殊需求（没有数据或特殊需求的项目，可以删除这个提问版块项目）。

提问公式：任务 + 目标 + 市场环境分析 + 竞争需求分析 + 市场格局分析 + 市场机会评估 + 市场进入策略 + 持续监控与调整

　　任务：帮我做一份行业分析报告。具体包含以下内容：

（1）目标：图书出版行业。

（2）市场环境分析。

（3）市场需求分析。

（4）竞争格局分析。

（5）市场机会评估。

（6）市场进入策略。

（7）持续监控与调整。

DeepSeek 回答：

图书出版行业分析报告

一、目标

本报告旨在分析图书出版行业的市场环境、需求、竞争格局及机会，为新进入者或现有企业制定市场进入策略，并提供持续监控与调整建议，以提升市场竞争力和盈利能力。

二、市场环境分析

……

（注：欲知详情请扫二维码，后省略号同）

三、市场需求分析

●读者需求

少儿图书：家长重视儿童教育，少儿图书需求持续增长。

教育图书：教辅教材需求稳定，职业教育图书潜力大。

文学小说：网络文学和IP改编图书受欢迎。

数字化阅读：电子书、有声书需求快速增长，尤其受年轻读者青睐。

●购买行为

……

四、竞争格局分析

……

五、市场机会评估

……

六、制定市场进入策略

……

七、持续监控与调整

……

总结

本报告通过分析图书出版行业的市场环境、需求、竞争格局及机会，为企业制定了市场进入策略，并提出了持续监控与调整的建议。通过聚焦高增长品类、布局数字化阅读、加强IP运营和精准营销，企业可以在竞争激烈的市场中脱颖而出，实现可持续发展。

【第二次提问】

可以针对上面生成的初步报告中，聚焦某一个点进一步进行提问。

提问公式：限定范围 + 需求

 任务：请根据以上行业分析中的读者需求方面的少儿图书，分析一下抖音平台 2024 年少儿图书销量高的图书种类，预测一下比较好的选题，并提出建议。

DeepSeek 回答：

抖音平台 2024 年少儿图书销量高的图书种类分析与选题建议

一、抖音平台少儿图书市场现状

平台特点：

抖音以短视频和直播为主要形式，内容直观、互动性强，适合少儿图书的视觉化展示和推广。

家长和儿童是主要受众，家长关注教育价值，儿童偏好趣味性和互动性。

畅销品类：

绘本类：图画丰富、故事简单易懂，适合低龄儿童。

科普类：满足家长对儿童科学启蒙的需求，内容生动有趣。

益智类：如迷宫书、贴纸书，兼具娱乐性和教育性。

IP 衍生类：与热门动画、影视 IP 相关的图书，吸引儿童关注。

二、2024 年少儿图书销量高的图书种类预测

●互动绘本

特点：结合 AR/VR 技术，增强阅读体验，如扫描页面出现动画或声音。

畅销原因：科技感强，吸引儿童兴趣，家长认可其教育价值。

●科普百科

特点：内容涵盖自然、科学、历史等领域，图文并茂，语言通俗易懂。

畅销原因：满足家长对儿童知识拓展的需求，内容权威且有趣。

●情商培养类

特点：通过故事引导儿童学会情绪管理、社交技巧等。

畅销原因：家长重视儿童心理健康，此类图书具有实用价值。

● IP 衍生图书

特点：与热门动画、影视 IP（如《熊出没》《小猪佩奇》等）相关的故事书、涂色书等。

……

三、选题建议

……

四、营销建议

……

总结

2024年抖音平台少儿图书市场仍以互动绘本、科普百科、情商培养类、IP 衍生书和双语启蒙书为主流。企业应结合市场需求和技术趋势，开发优质内容，并通过短视频、直播和社群运营等方式进行精准营销，抢占市场份额。

以上是针对抖音平台的一个分析，我们可以用同样的方法对其他平台进行分析整理，也可以针对上面的其他点进行提问。

3.10　未开发市场分析

案例说明

某公司成立于2010年，主营中式快餐，在全国一、二线城市拥有200多家门店。近年来，一、二线城市市场竞争加剧，门店增长放缓，公司计划通过未开发市场分析寻找新的增长机会。

【技术工具】步骤说明

本任务依托 DeepSeek 平台的对话交互功能，操作步骤如下：

1. 明确提问框架。

2. 填写自己可以补充的内容及自己的特殊需求。

3. 对于不满意的部分可以单独提问进行补充，或继续追问细节问题。

4. 整合多次的结果，进行总结整理。

【第一次提问】

　　未开发市场分析的关键在于识别潜在机会，评估风险，并制定进入策略。我们可以按提问框架填写自己可以补充的内容及自己的特殊需求，然后利用 DeepSeek 的能力来处理数据、进行分析和预测。

提问公式：任务 + 目标 + 市场环境分析 + 市场需求分析 + 竞争格局分析 + 市场机会评估 + 制定市场进入策略 + 持续监控与调整

 任务：帮我根据以下要求做一份火锅店未来市场分析报告。

　　（1）目标：探索三、四线城市及县城的市场潜力，分析年轻白领、学生、家庭等细分群体的需求，研究新兴场景。

　　（2）市场环境分析。

　　（3）市场需求分析。

　　（4）竞争格局分析。

　　（5）市场机会评估。

　　（6）制定市场进入策略。

　　（7）持续监控与调整。

DeepSeek 回答：

火锅店未来市场分析报告

一、目标

区域市场：探索三、四线城市及县城的市场潜力。

消费群体：分析年轻白领、学生、家庭等细分群体的需求。

新兴场景：研究外卖、社区团购等新兴消费场景的机会。

二、市场环境分析

●宏观环境

政策环境：国家鼓励消费升级，支持中小城市经济发展。

经济环境：三、四线城市居民收入水平提升，消费能力增强。

社会环境：家庭聚餐、朋友聚会等社交需求旺盛，火锅成为热门选择。

技术环境：外卖平台、社区团购等新兴渠道快速发展，为餐饮行业带来新机遇。

●行业现状

市场规模：火锅行业市场规模持续增长，2022 年超过 5000 亿元。

区域分布：一、二线城市市场趋于饱和，三、四线城市及县城增长潜力大。

消费趋势：健康、便捷、个性化成为关键词，新兴消费场景崛起。

三、市场需求分析

……

（注：欲知详情请扫二维码，后省略号同）

四、竞争格局分析

……

五、市场机会评估

……

六、制定市场进入策略

……

七、持续监控与调整

……

总结

本报告通过分析三、四线城市及县城的市场潜力、细分群体需求和新兴场景机会，为火锅店制定了市场进入策略，并提出了持续监控与调整的建议。通过精准定位、差异化产品和多元化渠道布局，火锅店可以在未开发市场中抢占先机，实现业务增长和品牌扩张。

【第二次提问】

针对不满意的或者某一想要细化的点再次进行提问。

提问公式：限定范围 + 需求

 任务：请帮我对 ×× 市的火锅店数量具体分析一下，并分析该城市的市场饱和度，提出是否可以在该城市开拓市场的建议。

DeepSeek 回答：

×× 市火锅店数量分析与市场饱和度评估

一、×× 市火锅店数量分析

● 数据来源

通过大众点评、美团等平台获取 ×× 市火锅店数量及分布情况。

参考 ×× 市统计局发布的餐饮行业数据。

● 火锅店数量

截至 2023 年，×× 市共有火锅店约 200 家，主要分布在市区（如 ×× 区、×× 区等）和热门商圈（如 ×× 广场、×× 广场等）。

其中，全国连锁品牌（如海底捞、呷哺呷哺等）占比约 10%，本地火锅店占比约 90%。

●分布特点

市区集中：80% 的火锅店集中在市区，郊区及县城分布较少。

商圈聚集：热门商圈火锅店密度高，竞争激烈；社区周边火锅店较少，存在市场空白。

二、市场饱和度分析

……

三、是否可以在 ×× 市开发市场的建议

……

策略：

推出小火锅、单人套餐等适合外卖的产品。

与社区团购平台合作，推广家庭套餐和半成品火锅。

四、总结

×× 市火锅市场在市区趋于饱和，但在郊区及县城存在较大开发潜力。建议企业避开市区热门商圈，选择社区周边或郊区县城开店，同时布局外卖和社区团购等新兴场景，通过差异化产品和精准营销抢占市场空白，实现业务增长。

接下来，可以根据自己的需求进一步提问，直到得到自己满意的结果为止。

3.11　自动生成合同

案例说明

某科技公司需为一名新入职的算法工程师王某签订劳动合同，需包含：薪资结构、试用期条款、竞业限制等核心内容。

【技术工具】步骤说明

本任务基于 DeepSeek 合同生成功能，操作步骤如下：

1. 明确目标。

2. 依据提问公式补充需求，对于没有需求补充的可以不填写。

3. 对于不满意的部分可以单独提问进行补充，或继续追问细节问题。

4. 整合多次的结果，进行总结整理。

【第一次提问】

依据提问框架进行提问。

提问公式：需求（××合同）+ 甲方 + 乙方 + 服务内容 + 有效期

目的：做一份新入职算法工程师的劳动合同。

合同主体：甲方：某科技公司　　乙方：王某

工作内容：做单据识别算法

权利义务：包含试用期条款、竞业限制

薪酬与福利：

劳动纪律与规章制度：

合同期限与解除：1年期限

其他特别条款：

DeepSeek 回答：

算法工程师劳动合同

甲方（用人单位）：某科技公司

乙方（劳动者）：王某

一、合同期限

1. 合同期限为1年，自 ＿＿＿＿ 年 ＿＿＿＿ 月 ＿＿＿＿ 日起至 ＿＿＿＿ 年 ＿＿＿＿ 月 ＿＿＿＿ 日止。

2.试用期条款：试用期为 2 个月（不超过合同期限的 1/6），试用期工资为转正工资的 80%。甲方根据考核结果决定是否转正。

二、工作内容与地点

1.乙方担任算法工程师岗位，负责单据识别算法研发、优化及技术文档编写。

2.工作地点为甲方公司（或甲方指定的项目现场），必要时甲方可调整工作地点。

三、薪酬与福利

1.薪资结构：

● 基本工资：＿＿＿＿＿ 元 / 月（税前）；

● 绩效奖金：按项目完成度或季度考核发放，标准为 ＿＿＿＿＿ 元 / 月；

● 其他补贴：餐补、通讯补贴等合计 ＿＿＿＿＿ 元 / 月。

2.福利待遇：五险一金、带薪年假（按国家规定）、节日福利、年度体检。

四、双方权利义务

1.甲方义务：

● 提供必要的工作条件与劳动保护；

● 按时足额支付薪酬；

● 组织技术培训与职业发展支持。

2.乙方义务：

● 遵守公司规章制度与劳动纪律；

● 完成工作任务并接受考核；

● 竞业限制：合同期内及离职后 2 年内，不得从事与甲方竞争的同类型算法研发业务，甲方按月支付竞业限制补偿金（标准为离职前月薪的 30%）。

五、劳动纪律与规章制度

1.乙方需遵守甲方制定的《员工手册》《保密协议》等制度，包括但不限于：

●考勤管理（迟到、旷工处理）；

●知识产权归属（工作成果归甲方所有）；

●数据保密（不得泄露技术文档或客户信息）。

六、合同解除与终止

1.解除条件：

●乙方试用期考核不合格，甲方可即时解除合同；

●乙方严重违反规章制度（如泄密、旷工超3天），甲方可单方解除合同；

●乙方提前30日书面通知可解除合同。

2.终止情形：合同期满未续签、甲方经营调整或乙方丧失劳动能力等。

七、其他条款

1.争议解决：协商不成可向甲方所在地劳动仲裁委员会申请仲裁。

2.合同一式两份，甲乙双方各执一份，签字盖章后生效。

3.12 合同模板检验

案例说明

某新材料股份有限公司想委托某培训公司安排行业内的权威专家，对公司人员进行化工产品归类内训，总预算为4万元。

【技术工具】步骤说明

本任务依托 DeepSeek 平台的对话交互功能，操作步骤如下：

1.明确目标

2.导入想检验的合同。

3.输出结果，检查是否符合要求。

4.对于不符合要求的内容，可以通过修改要求，进行内容修正。

【第一步】点击（  ）导入合同。

【第二步】对 DeepSeek 提出要求：检验合同是否符合合同法的要求，修改合同格式。

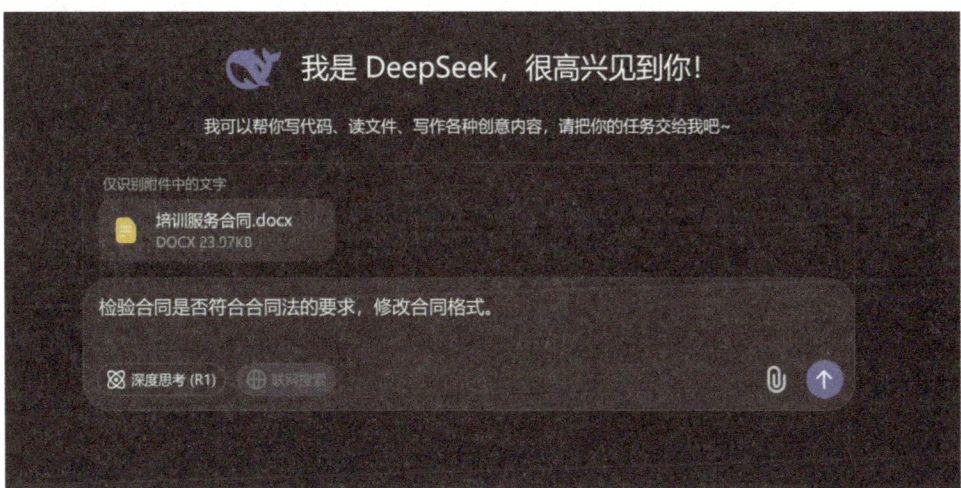

DeepSeek 回答:

培训服务合同

合同编号:2025-2.27-003

甲方(客户):×× 新材料股份有限公司

联系人:×××

联系方式:×××

乙方(服务提供方):×××

联系人:[乙方联系人姓名]

联系方式:[乙方联系电话]

签订日期:2025 年 2 月 27 日

一、服务内容

1. 培训主题:化工品海关归类,培训内容详见附件一。

2. 培训形式:线下集中培训。

3. 培训时间:20 年 月 日–月 日(共 2 天)。

4. 培训地点:甲方公司培训室。

5. 参训人数:40 人以上。

二、费用明细

1. 内训费用:人民币 40,000 元(含税,税率 1%)。

2. 费用包含:讲师往返交通及住宿、服务人员往返费用及住宿、税费。

三、付款条款

1. 预付款:合同签订后,甲方需支付 50% 的预付款,即人民币 20,000 元。

2.尾款：培训结束后 7 个工作日内，甲方需支付剩余 50% 的尾款，即人民币 20,000 元。

3.违约金：若因甲方原因取消培训，需提前 5 天通知乙方，否则甲方需支付 30% 的违约金，即人民币 12,000 元。

四、双方责任

甲方责任：

1.提供培训所需的投影仪、白板等基础教学设备。

2.提供参训人员名单，并提前分组，每组 4—6 人，指定组长。

3.提供《税则》《进出口税则商品品目注释》等工具书。

4.提供企业关注的产品范围及需要解决的商品归类案例或问题，以便乙方调整培训内容。

乙方责任：

1.按合同约定的时间和地点进行培训。

2.提供培训所需的课程资料。

五、违约责任

1.乙方未按合同约定提供服务，甲方有权要求乙方退还已支付的费用，并要求乙方支付合同总金额 10% 的违约金。

2.若甲方未按合同约定支付费用，乙方有权暂停或终止服务，并要求甲方支付合同总金额 10% 的违约金。

六、争议解决

1.本合同在履行过程中如发生争议，双方应友好协商解决。

2.若协商不成，任何一方均可向乙方所在地人民法院提起诉讼。

七、合同生效

1. 本合同自双方签字盖章之日起生效。

2. 本合同一式两份，甲乙双方各执一份，具有同等法律效力。

甲方（盖章）：

授权代表签字：

日期：

乙方（盖章）：

授权代表签字：

日期：

附件一：化工品海关归类课程大纲

第四章　行政 / 办公室岗位应用场景

4.1　政府补贴政策及流程了解

案例说明

某制造业企业需申请 2024 年节能技术改造补贴，政策文件多达 200 余页，财务总监需在 5 个工作日内完成政策匹配、材料清单整理及申报节点规划。

【技术工具】步骤说明

利用 DeepSeek：政策条款结构化解析的功能

提问公式：政策领域 + 申报主体类型 + 重点条款提取

与 DeepSeek 的交互过程

提问公式：政策定位→条件匹配→材料生成

【第一次提问】

建立政策框架

生成节能技术改造补贴政策的分析框架,需包含申报条件、补贴标准、禁止条款 3 个模块,用表格对比省级 / 市级政策差异。

DeepSeek 回答：

节能技术改造补贴政策对比分析框架

政策对比维度说明

对比维度	省级政策特征	市级政策特征
覆盖范围	跨区域重点企业、行业标杆项目	属地化企业、特色产业项目
支持力度	侧重基础性补贴	常配套地方财政奖励
审批层级	需多部门联合审查	设立专项办公室一站式受理

申报条件对比

指标项	省级政策要求	市级政策要求	差异分析
企业资质	国家高新技术企业／年能耗5000吨标煤以上	市级高新技术企业／规模以上工业企业	市级准入标准降低20%-30%
项目类型	列入省级重点节能技术推广目录	市级战略性新兴产业优先	市级侧重地方产业布局
投资规模	改造投资≥500万元（贫困地区300万元）	改造投资≥200万元（开发区企业150万元）	市级门槛平均低40%
实施周期	立项后24个月内完成	立项后18个月内完成	市级时限要求更严格
节能效益	年节能量≥1000吨标煤	年节能量≥500吨标煤	市级指标减半

……

注：欲知详情请扫二维码，后省略号同

【第二次提问】

流程节点拆解

作为年产值2亿元的制造业企业，需要2025年8月前完成申报，请输出包含材料清单、受理部门、截止时间的流程图。

DeepSeek 回答：

以下是符合要求的申报流程图：

节能技改补贴申报流程图（2025 年度）
材料准备阶段（2025 年 3–5 月）

核心材料清单：

1. 项目可行性研究报告（含技改方案图纸）
2. 企业法人营业执照副本（加盖公章）
3. 近三年完税证明（2022–2024 年度）
4. 省 CMA 认证的能耗审计报告
5. 设备采购合同及增值税专用发票（≥ 500 万）
6. 碳排放核算报告（2025 年新规要求）
……

【第三次提问】

风险预判优化

在申报材料中增加常见驳回原因分析，要求包含 5 个高发问题及应对策略，用文本文档的格式呈现。

DeepSeek 回答：

【驳回原因】材料完整性缺陷

具体表现：

1. 缺少 CMA 认证的能耗报告
2. 发票未体现设备明细

政策依据：

《技术改造资金管理办法》第 8 条

应对策略：

1. 使用省级材料预审服务

2. 聘请第三方认证机构核验

3. 补充设备参数说明书

预防措施：

1. 建立申报数字档案系统

2. 提前 3 个月启动材料收集

3. 关键文件电子验真

……

4.2 采购方案

案例说明

某电商企业需采购 1000 台直播设备（摄像头＋灯光套装），采购总监需在 3 日内完成供应商筛选、性价比分析及合同风险点预判。

【技术工具】步骤说明

利用 DeepSeek 生成采购需求框架＋供应商评分模型

提问公式：采购品类＋核心参数要求＋合同签订风险评估

与 DeepSeek 的交互过程

提问公式：需求拆解→权重分配→数据动态校验

【第一次提问】

建立采购框架

生成直播设备采购方案的框架，需包含技术参数、服务条款、供应商资质 3 个模块，用表格对比不同价位的配置差异。

DeepSeek 回答：

直播设备采购方案框架

一、技术参数对比表

配置维度	入门级 (0.8-1.2 万)	专业级 (2-4 万)	广播级 (8-15 万)
摄像机	1080P 30fps CMOS	4K 60fps 3CMOS	6K HDR 全域快门
麦克风系统	枪麦 + 领夹麦	无线 UHF 双通道	数字调音台 + 多通道系统
编码器	H.264 硬件编码	H.265 10bit 编码	HEVC/AV1 双编码
推流能力	≤ 8Mbps RTMP	双路 50Mbps SRT	三路 100Mbps NDI
监看系统	7 寸 HDMI 监视器	13 寸触控调监视器	多画面分割器 + 专业波形
灯光系统	LED 平板灯 ×2	RGB 全彩矩阵灯组	ARRI 影视级灯光系统
同步系统	无	GENLOCK 时码同步	SMPTE 2110 标准
存储方案	单 SD 卡备份	双 SSD 热备	NAS 网络存储方案

二、服务条款要求

……

注：欲知详情请扫二维码，后省略号同

三、供应商资质要求

……

【第二次提问】

需求细化

作为采购负责人，如果你需要采购 1000 台专业级直播设备（摄像头 + 灯光套装），请给出设备具体推荐与相应的销售渠道（供应商）。

DeepSeek 回答：

以下是为 1000 台专业级直播设备采购制定的推荐方案（含技术参数与渠道策略）：

专业级直播设备采购方案

一、核心设备技术规格

1. 摄像机系统（单套）

参数项	推荐配置	达标要求
传感器	Sony PXW-Z280（3 片 1/2 英寸 Exmor CMOS）	3CMOS 传感器 + 全域快门
分辨率	4K UHD 3840×2160	≥ 3840×2160
帧率	60fps（1080P 模式下可达 120fps）	60fps@4K / 120fps@FHD
编码格式	XAVC-L 10bit 4:2:2	H.265/HEVC 10bit
接口配置	3G-SDI×2 / HDMI 2.0×1 / IP 流输出	双路 SDI+IP 双流
供电系统	BP-U100 电池（续航 5 小时）	热插拔双电池槽

2. 灯光系统（单套）

……

二、推荐供应商矩阵

……

三、成本优化方案

……

四、实施路径

……

【第三次提问】

风险预审

在合同条款中插入 5 个常见风险点及规避方案，用文本文档格式标注法律依据（标明《合同法》具体条款）。

DeepSeek 回答：

【风险点】履行期限不明确

风险描述：

未约定交货/验收时间节点，导致拖延交付

规避方案：

1. 明确约定"自合同签订之日起 30 个自然日内完成交付"

2. 设置阶梯违约金（如延期 1-3 日扣 0.1%/ 日，超 3 日可解除合同）

法律依据：

1. 原合同法第六十一条

2. 原合同法第六十二条第（四）项

3.（对应民法典第五百一十条、第五百一十一条）

……

4.3　接待管理方案

案例说明

　　某新能源企业与海外投资方开展技术考察，需在 5 天内完成 20 人团队、跨 3 个城市的接待方案，包含行程规划、车辆调度、餐饮住宿及突发预案。

【技术工具】步骤说明

利用 DeepSeek 生成接待流程框架 + 资源配置模型

提问公式：接待场景 + 活动场景细化 + 突发预案生成

与 DeepSeek 的交互过程

【第一次提问】

　　建立基础框架

　　生成德国技术考察团来到中国的接待方案框架，包含日程规划、陪同人员、交通住宿 3 个模块，用表格对比 3 个城市的资源匹配度。

DeepSeek 回答：

德国技术考察团中国接待方案框架

一、日程规划（5天4晚参考模板）

日期	上午活动	下午活动	晚间安排
Day1	机场接机＋入住	欢迎会（城市产业介绍）	特色文化晚宴
Day2	标杆企业参观（3选2）	技术研讨会	政商交流晚宴
Day3	高新技术园区实地考察	产学研对接会	城市夜景游览
Day4	政府机构政策说明会	B2B 企业匹配洽谈	非遗文化体验
Day5	合作备忘录签署仪式	成果总结会	机场送机

二、城市资源配置对比（北京/上海/深圳）

......

注：欲知详情请扫二维码，后二维码同

三、专业团队配置方案

......

【第二次提问】

动态优化配置

作为接待总控，请集中于新能源科技方向对德国技术考察团进行活动安排（例如讲座、工厂参观以及学术论坛），请生成一份文本文档格式的表格。

DeepSeek 回答：

【Day1 09:00-11:30】光伏技术研讨会

活动内容：

1.TOPCon/HJT 技术路线解析

2. 光伏 – 氢能耦合系统展示

技术领域：

新能源发电（橙色标记）

对接人员：

隆基/通威技术总监

活动地点：

国家光伏创新中心

......

4.4　公司制度设计

案例说明

某跨境电商企业因组织架构调整需制定《远程办公管理制度》，HR 部门需在 7 个工作日内完成制度起草，需平衡效率管控与员工权益，同时满足欧盟 GDPR 与中国劳动法双重要求。

【技术工具】步骤说明

利用 DeepSeek 生成制度框架 + 智能条款比对

提问公式：制度类型 + 条款设计 + 法律约束

与 DeepSeek 的交互过程

提问公式：框架生成→条款优化→风险校验

【第一次提问】

建立制度框架

生成跨境电商企业远程办公制度的框架，需包含考勤、数据安全、设备管理 3 个核心模块，并对比中美欧三地法律差异。

DeepSeek 回答：

跨境电商企业远程办公制度框架（中美欧版）

一、考勤管理制度

1.1 核心框架

● 工作时间规定

弹性工作制（核心时段 + 自主时段）

时区差异协调机制（轮流值班 / 重叠时段）

● **考勤方式**

双因子验证（VPN+ 考勤系统）

工作日志系统（任务产出量化）

● **加班管理**

预审批制度

加班补偿标准（调休 / 薪资）

1.2 法律差异对比

……

（注：欲知详情请扫二维码，后省略号同）

二、数据安全规范

……

三、设备管理方案

……

四、合规实施建议

……

【第二次提问】

弹性条款设计

作为跨国企业，需要设计弹性考勤制度，允许在 6:00–23:00 间自主安排 8 小时工作，但需满足中美团队协同需求。请用文本文档的格式呈现具体规则。

 DeepSeek 回答：

【核心规则】

●工作时间窗口

6:00–23:00（当地时间）自主安排 8 小时

●强制协同时段

中国团队	美国团队
21:00–23:00（北京时间）	9:00–11:00（美西时间）
对应美西 6:00–8:00（PT）	对应北京 21:00–23:00（CST）

【法律合规要求】

维度	中国规则	美国规则
单日最长工时	≤ 12 小时（含加班）	联邦无限制（加州 ≤ 12 小时）
休息间隔	连续工作 ≤ 6 小时需休息 ≥ 30 分钟	每 4 小时 10 分钟带薪休息（加州）
加班计算	工作日 150%/ 假日 300%	非豁免员工 1.5 倍时薪

【考勤管理】

●验证机制

VPN 登录时间 + Jira 活跃时长（双重验证）

单日 <6 小时或 >10 小时自动标记

●调休规则

– 中方：1:1 调休兑换

– 美方：时间银行制（月上限 16 小时）

……

风险防控优化

 插入 5 个高风险场景的防控条款，并且标注相应法律依据，以文本文档格式生成。需包含《中华人民共和国个人信息保护法》第 38 条和《中华人民共和国劳动法》第 41 条相关内容。

DeepSeek 回答：

【跨境数据泄露】

●防控条款：

1.完成数据分类分级（GDPR/CCPA/PIPL）

2.依《中华人民共和国个人信息保护法》第 38 条完成安全评估

3.季度网络安全演练（含泄露应急）

●法律依据：

1.《中华人民共和国个人信息保护法》第 38 条

2.《数据出境安全评估办法》第 5 条

3.GDPR 第 44~49 条

……

4.5 公司通知

案例说明

行政部需紧急发布"2024 年高温假调整通知"，现需在 2 小时内完成修订并向全员传达。

【技术工具】步骤说明

利用 DeepSeek 生成通知核心框架

提问公式：事件定义→条款细化→格式规范

与 DeepSeek 的交互过程

【第一次提问】

生成基础模板

 以高温假调整为主题，生成包含假期时间、补班安排、特殊岗位说明的通知框架，需用表格对比新旧政策差异。

DeepSeek 回答：

关于 2023 年高温假政策调整的通知

一、假期时间安排

事项	时间范围	备注
正式放假时间	2023 年 8 月 1 日 -8 月 5 日	共 5 个工作日
假期前最后工作日	2023 年 7 月 31 日	17:00 开放离岗
假期后首个工作日	2023 年 8 月 7 日	正常考勤时间

二、新旧政策对比表

……

（注：欲知详情请扫二维码，后省略号同）

三、特殊岗位说明

……

四、注意事项

……

【第二次提问】

合规性强化 + 具体实施

作为集团总部行政，需在通知中加入《中华人民共和国劳动法》第38条依据，并用加粗标注重点变更条款。并且加入具体放假时间为2024年8月1日至8月3日。

 DeepSeek 回答：

关于 2024 年高温假政策调整的通知

政策依据：根据《中华人民共和国劳动法》第三十八条关于"用人单位应当保证劳动者每周至少休息一日"的规定，结合集团生产经营实际，现就高温假安排调整如下：

一、假期时间安排

事项	时间范围	备注
正式放假时间	2024 年 8 月 1 日 –8 月 3 日	共 3 个工作日（原 5 日）
假期前最后工作日	2024 年 7 月 31 日	17:00 开放离岗
假期后首个工作日	2024 年 8 月 5 日	正常考勤时间

......

【第三次提问】

发布优化

请根据以上内容生成一份正式格式的高温放假通知。请给出文本文档格式的文件内容。

DeepSeek 回答：

XX 集团有限公司文件

××办发〔2024〕18 号

关于 2024 年度高温假安排的通知

根据《中华人民共和国劳动法》第三十八条规定，结合集团经营实际，现将高温假安排公告如下：

一、假期时间

● 放假时间：2024 年 8 月 1 日（周四）至 8 月 3 日（周六）

● 调休安排：7 月 27 日（周六）正常上班

● 返岗时间：8 月 5 日（周一）09:00

......

集团行政管理部

2024 年 7 月 12 日

抄送：董事会、总裁办、各事业部

联系电话：0571-8765××××（政策咨询）

监督邮箱：audit@××group.com

4.6　差旅方案

案例说明

外贸公司计划派 3 人小组参加 9 月巴黎国际展会，行政专员需在 3 天内完成差旅方案制定，需包含航班预订、酒店选择、签证指导及应急预案。

【技术工具】步骤说明

1. DeepSeek 智能分析：自动匹配最优航班组合与酒店资源

2. Excel 费用模板：内置公式自动计算人均成本（总费用 / 人数）

73

【交互演示】

提问公式：出行目标 + 团队构成 + 核心要求

【第一次提问】

出行方案模板建立

现在我需要为 3 人制定 9 月 15–20 日巴黎参展的差旅方案：

– 总预算不超过 8 万元

– 优先选择午间起飞的航班

– 酒店需带会议室且邻近地铁站

请生成三个对比方案

DeepSeek 回答：

方案一：直飞优先 + 四星商务酒店

总预算：78,200 元

特点：午间直飞省时舒适，酒店会议设施优质

1. 航班（48,000 元）

● 去程：9/15 12:30 北京 – 巴黎（国航 CA933 直飞 经济舱）

● 返程：9/20 13:45 巴黎 – 北京（国航 CA934 直飞 经济舱）

● 优势：直飞省时，符合午间起飞需求

2. 酒店（24,000 元 /5 晚）

● Pullman Paris Tour Eiffel（四星）

● 含双人间 ×2，含早

● 优势：步行至地铁 10 号线，配备 30 人会议室（免费使用 2 小时 / 天）

3. 其他费用

● 市内交通：1,800 元（地铁周卡 + 机场接送）

● 餐饮：4,400 元（每日人均 50 欧元）

方案二：中转性价比 + 地铁枢纽酒店

……

（注：欲知详情请扫二维码，后省略号同）

方案三：舒适商务舱 + 市中心五星酒店

……

方案对比摘要

维度	方案一	方案二	方案三
总费用	78,200 元	72,500 元	79,800 元
航班体验	直飞经济舱	中转 + 返程直飞	全程商务舱
酒店便利度	埃菲尔铁塔区	中央地铁枢纽	火车站核心区
会议室需求	30 人 / 免费时段	需额外付费扩容	小型创意空间
适合需求	平衡预算与舒适	极致成本控制	商务品质优先

建议优先选择方案一或三，既能覆盖参展商务需求，又可确保交通便利性。如需进一步压缩预算，可调整方案二的酒店会议室使用频率。

【第二次提问】

选择方案 + 补充执行细节

选择方案 B，请补充：

1. 申报签证办理材料清单

2. 每日餐费报销标准

3. 当地紧急联系人方式

DeepSeek 回答：

签证材料清单

1. 基础材料：

●护照原件（有效期 6 个月以上）

● 2 寸白底证件照 2 张

●公司营业执照复印件（需盖章）

2. 特殊材料:

●展会主办方邀请函（需法方盖章）

● 3 个月银行流水（每人余额超 5 万元）

费用报销标准

●早餐：实报实销（不超过 20 欧元）

●午晚餐：每餐限额 40 欧元

●交通费：凭小票全额报销

应急联络表

场景	联系方式
证件丢失	中国驻法使馆领保电话 +33-153758840
医疗急救	安联保险 24 小时热线 +49 89 5155 5155
航班变动	法航中文客服 4008-808-808

【第三次提问】

人员调整 + 方案更新

现在新增 1 位技术工程师同行，请按照第一个方案的计划更新：

1. 新增后的酒店房型调整方案

2. 总费用重新核算

请用简单算式说明变动。

DeepSeek 回答：

方案一（调整后）更新说明

在原方案基础上增加 1 人，变动如下（汇率按 1 欧元 ≈ 7.3 元计）：

……

最终建议

优先采用"航班降级 + 餐饮压缩"组合：

● 改选东航经停航班（4 人往返约 56,000 元）

● 餐饮控制至 45 欧元／天

● 调整后总费用：79,200 元（接近原预算上限）。

● 需确认：酒店是否接受 3 人间预订。

【第四次提问】

紧急预案生成

在以上方案的基础上，添加由于飞机延误、健康问题等引发的应急预案，生成一份完整的预案文档。

 DeepSeek 回答：

巴黎国际展会差旅预案

时间：2024.9.15–9.20

人员：4 人

预算：79,200 元

【基础行程方案】

交通安排

● 去程：9/15 12:30 北京 – 巴黎 CA933（经济舱 x4）

● 返程：9/20 13:45 巴黎 – 北京 CA934（经济舱 x4）

● 备用：东航 MU553（差价补偿协议已签）

住宿安排

● 酒店：Pullman Paris Tour Eiffel

● 房型：双人间 x3（可合并为 2 间三人房）

● 会议室：30 人会议室（每日免费 2 小时）

……

最终操作

1. 将 DeepSeek 生成的方案粘贴至 Excel 模板，黄色高亮显示新增费用

2. 最终方案导出为 PDF 文件，通过企业微信发送至：

– 财务部（费用审批）

– 参展团队（行程确认）

– 行政部（酒店预订）

注：建议出发前 3 日召开线上说明会，重点讲解应急预案使用流程。

4.7 活动方案策划

案例说明

某科技公司计划举办 200 人规模的年度答谢晚宴，需完成场地预订、流程设计、供应商对接等工作。

【技术工具】步骤说明

1. DeepSeek 方案生成：输出活动流程脚本及执行清单

2. 智能预算表：通过 Excel 公式自动计算各环节费用占比（单项费用 / 总预算）

【交互演示】

【第一次提问】

活动类型 + 规模 + 核心诉求

现在我需要策划 200 人规模的年度客户答谢晚宴：

– 总预算不超过 25 万元

– 含晚宴、颁奖、互动环节

– 需突出科技企业品牌调性

请生成初步方案框架。

DeepSeek 回答：

科技企业客户答谢晚宴策划方案（2024）

一、基本信息

……

（注：欲知详情请扫二维码，后省略号同）

二、创意亮点

……

三、流程设计

……

四、科技元素植入

1. 视觉系统

● 主 KV：赛博朋克风格动态主视觉

● 灯光：编程控制光矩阵表演

2. 交互体验

● 智能手环：集成定位／抽奖／通讯功能

● 大屏实时数据可视化互动

3. 传播设计

● 直播推流＋虚拟主持人

● 会后生成 NFT 纪念证书

五、预算分配（总 24.8 万元）

……

【第二次提问】

细化需求＋风险防控

79

请补充以下内容：

1. 增加 3 个科技互动环节（预算增加不超过 2 万元）

2. 制定突发情况应对预案

3. 列出供应商对接时间节点

 DeepSeek 回答：

方案补充内容

新增科技互动环节（预算 +1.7 万元）

互动名称	实现方式	预算	价值点
AI 印象画廊	客户拍照生成赛博朋克风格数字画作（Stable Diffusion 定制模型 + 即时打印）	5000 元	融合 AI 艺术与个人纪念
VR 时空竞速	搭建 4 组 VR 设备体验太空站巡检场景（Unity 定制内容 + 排行榜实时投屏）	7000 元	展现企业空间计算技术
光能矩阵挑战	手势控制光点完成品牌 logo 拼图（Leap Motion 体感交互 +LED 地面矩阵）	5000 元	强化品牌视觉记忆

总互动预算增至 3.7 万（原 2 万 + 新增 1.7 万），仍控制在总预算 25 万内。

突发情况应对预案

……

【第三次提问】

格式转换 + 任务分发

 请将最终方案转化为文本文档格式，标注负责人与交付物。

DeepSeek 回答：

核心流程执行

时间段	环节	核心内容	负责人	交付物
17:30~18:30	科技签到	AR 人脸识别 + 数字云墙	张伟·技术总监	签到数据可视化大屏
19:00~20:00	智能晚宴	无人机送餐 + 投影餐桌	李娜·餐饮经理	50 台无人机编队协议
20:40~21:30	科技互动	VR 竞速/光能矩阵/AI 画廊	王昊·互动策划	设备运行检测报告

......

4.8　会议录音和纪要整理

案例说明

行政助理小林需整理 1.5 小时的部门季度会议录音，包含销售数据分析、产品迭代计划等议程。要求输出包含行动项和责任的正式会议纪要。

【技术工具】步骤说明

DeepSeek 语音识别 + 文字整理：支持中英文混合转写。

【交互演示】

【第一次提问】

会议类型 + 输出格式要求

这是市场部战略会议的录音文件（上传音频文件），需要：

1. 按时间轴整理关键结论

2. 生成包含责任人/截止日的文档

请输出会议纪要文档。（文本文档格式）

DeepSeek 回答：

市场部战略会议纪要

时间：[填写会议时间]

参会人员：[列席人员名单]

【 时间轴关键结论 】

[00:00–00:30]

1. Q2 核心策略确认：聚焦东南亚新兴市场

2. 竞品分析报告需补充社媒数据 ※ 待执行 ※

3. 预算分配方案通过率 76%

……

（注：欲知详情请扫二维码，后省略号同）

【第二次提问】

细化指令 + 格式优化

 补充以下要求：

1. 标注争议讨论点（3 处以上）

2. 将销售数据转化为表格形式

 DeepSeek 回答：

市场部战略会议纪要

时间：[填写会议时间]

参会人员：[列席人员名单]

【 争议讨论点 】

预算分配优先级

– 技术部：需增加 IT 基础设施投入

– 市场部：要求保留活动经费

– 决议：IT 预算压缩 5% 转线上推广

……

【第三次提问】

总结提炼

 请根据以上内容生成一份最终纪要，要求符合会议纪要模板，结构清晰，内容详实。

DeepSeek 回答：

市场部战略会议纪要

会议时间：2025 年 3 月 8 日 14:00–15:30

参会人员：张伟 / 王莉 / 李航 / 陈敏 / 赵阳 / 周菲

【争议讨论点】

※ 预算分配优先级

技术部：需增加服务器扩容预算

市场部：线上推广费低于行业基准

决议：IT 预算压缩 5%（42 万元）转投广告测试

……

会议记录人：[填写]

分发范围：市场部全员 / 技术管理层 / 财务中心

※ 会签确认截止：3.9 18:00 ※

4.9 给领导写发言稿

案例说明

某公司即将召开年度战略会，总经理需在开幕式上进行 20 分钟演讲。行政助理需在 2 天内完成稿件撰写，需包含业绩回顾、战略部署、团队激励三大模块，并融入行业趋势数据。

【技术工具】步骤说明

DeepSeek 风格学习：分析历史讲话稿提炼语言特征（如排比句式使用频率、常用词汇库）。

【交互演示】

【第一次提问】

场合 + 对象 + 核心诉求

 现在请撰写一份总经理在年度战略会上的发言稿：
- 听众：300 名中层管理者和股东代表
- 时长：约 20 分钟
- 需强调"数字化转型"和"全球化布局"
请生成相应的文本文档大纲。

 DeepSeek 回答：

总经理年度战略发言大纲

主题：拥抱数字未来 开拓全球机遇

时间：20 分钟

受众：300 名中层管理者与股东代表

......

（注：欲知详情请扫二维码，后省略号同）

※ 核心战略部署（12 分钟）

▼ 数字化转型计划

智能生产：

– 工业物联网落地 5 大基地

– 时间表：Q2 试点→ Q4 全覆盖

数字营销：

– 用户画像系统升级

– 全域流量池构建（※ 预算 ×××× 万 ※）

数据资产化：

– 建企业级数据中台

– 预期年创收 ※ ×××× 万元 ※

▼ 全球化布局方案

重点区域：

东南亚：制造中心 + 本地服务网

欧洲：并购 2 项技术标的（洽谈中）

北美：数字服务突破壁垒

风控机制：

– 地缘政治应对小组（3 月组建）

– 多币种结算系统（Q3 上线）

▼ 文档使用说明

1. 数据填空：替换 ※ 标注的 ×× 值

2. 可视化素材：

PPT 标注 "全球化布局地图"

3. 过渡句植入：

"秉承'创新无界'理念，......"

【第二次提问】

领导风格 + 数据强化

 请对这份演讲稿大纲优化以下内容：

1. 增加 3 个行业对比数据

2. 采用"目标 – 路径 – 成果"结构

3. 每部分添加金句（不超过 15 字）

 DeepSeek 回答：

总经理战略发言大纲

主题：数智赋能新引擎 全球开拓新格局

※ 行业态势分析

◆ 数据不会说谎，趋势决定未来

数字化差距：

– 行业投入均值 4.2% vs 我司 5.8%

– 全流程在线化 37% vs 我司 61%

全球化窗口：

– 东南亚数字增速 22%（全球 9%）

– 竞品海外营收 45% vs 我司 32%

▼ 数字化转型战略（8 分钟）

◆ 目标：三年构建智慧生态中枢

智能生产

目标：2026 全价值链数字化

路径：

– 2024Q3 启动工业物联网三期

– 2025 年 AI 质检覆盖 70% 产线

成果：能耗↓ 18% 次品率↓ 40%

……

※ 闭幕动员

◆今天的蓝图，明天的底线

股东承诺：3 年分红增长 ≥ 20%

行业宣言：2025 数字化进全球 Top100

行动令：管理者签转型军令状

【第三次提问】

稿件最终生成

 请根据以上内容生成一份完整版演讲稿，要求结构完整，内容充实。

 DeepSeek 回答：

总经理年度战略会议发言稿

主题：数智赋能新引擎 全球开拓新格局

时间：约 20 分钟

开场致谢

尊敬的各位股东代表、管理层同仁：

上午好！

今天，我们齐聚一堂，既为总结过去，更为定义未来。2023年，在各位的鼎力支持下，我们交出了一份振奋人心的答卷：跨境业务营收突破 120 亿元，同比增长 27%；数字化系统覆盖率提升至89%，客户满意度创下历史新高。这些数字背后，是每一位团队成

员的汗水和智慧。在此，我谨代表董事会，向所有奋斗者致以最诚
挚的感谢！（掌声）

……

结语

时代从未像今天这样慷慨——它给坚守者以温暖，给变革者以锋芒。
让我们以数字化为舟，以全球化为帆，共赴星辰大海！

谢谢大家！

【配套执行建议】

1.PPT 同步展示：

●行业数据对比动态柱状图

●全球布局 3D 热力地图

●战略路径里程碑倒计时

2. 现场分发《战略行动手册》，含具体 KPI 分解表

3. 设置高管答疑环节，收集前 20 个核心问题 24 小时内书面回复

此演讲稿时长严格控制在 20 分钟内，重点段落可配合数据可视化视
频（约 90 秒）增强冲击力。

第五章　人力资源岗位应用场景

5.1　招聘信息发布

案例说明

某知名互联网企业正处于业务转型期，急需招聘一位人工智能产品经理，以推动公司产品的智能化升级。HR 经理赵先生发现传统招聘广告在描述该岗位时不够精准，未能突出人工智能技术背景、产品规划能力及市场洞察力等关键要求。通过与 DeepSeek 进行多轮对话，赵先生逐步细化了岗位核心要求、公司在人工智能领域的技术优势及未来发展规划，最终生成了一份内容精准、风格鲜明的招聘信息发布文案，有效吸引了众多具备人工智能产品管理经验的优秀候选人。

【技术工具】步骤说明

本任务依托 DeepSeek 平台的对话交互功能，操作步骤如下：

1. 登录 DeepSeek 平台，进入对话界面。

2. 在对话框中直接提出招聘信息发布相关的问题。

3. 通过多轮互动对话，逐步细化问题和需求，获取包含身份、用途、核心内容以及改进建议的分析报告。

4. 根据初步报告，进一步调整关键数据，进行深度分析直至得到最优的招聘信息发布文案。

【第一次提问】

提出主题及格式要求

提问公式：主题 + 文本格式的招聘信息发布脚本文案

 问：以"人工智能产品经理招聘信息发布"为主题，请帮忙生成一份招聘信息发布的文案。

DeepSeek 回答：

以下是为您定制的人工智能产品经理招聘信息文案，突出专业性与吸引力：

【加入未来，引领 AI 变革】诚聘人工智能产品经理

公司名称：×× 科技（专注 AI 场景化落地的行业领军者）

工作地点：北京 / 上海 / 深圳（可选远程协作）

我们是谁

深耕计算机视觉与自然语言处理领域，拥有自主研发的 AI 中台系统，已为金融、医疗、智能制造等 8 大行业提供智能解决方案。团队由清北 / 常春藤背景的算法科学家与连续创业者组成，已完成 B 轮亿元级融资。

岗位价值

你将主导从 0–1 打造行业级 AI 产品，包括：

●规划 AI 产品矩阵，设计可落地的商业化路径

●深度参与技术选型，主导算法工程化落地（需熟悉 TensorFlow/PyTorch 技术生态）

●搭建用户需求漏斗模型，制定数据驱动的迭代策略

●统筹 10+ 人跨职能团队（算法 / 数据 / 硬件 /UI）敏捷开发

●构建行业知识图谱，设计可解释性 AI 功能模块

......

【第二次提问】

明确场景及受众

提问公式：身份 + 用途 + 受众 + 重点内容

 问：上述内容较为宽泛，现在你作为 HR 经理，需要向招聘团队说明当前招聘信息中存在的问题及改进方向，请生成一份详细的招聘信息发布文本脚本文案。

DeepSeek 回答：

以下是针对人工智能产品经理岗位招聘信息发布的内部沟通脚本文案，包含问题诊断与改进策略：

HR 团队内部沟通会议脚本

主题：AI 产品经理招聘信息优化方案

时间：2023 年 × 月 × 日

一、当前招聘信息核心问题分析

（配合 PPT 展示竞品岗位 JD 对比数据）

1. 候选人画像模糊

●现有描述：仅罗列"3 年以上 AI 产品经验"

●风险点：未区分 AI 产品类型（工具型 / 平台型 / 解决方案型），导致收到 62% 的不相关简历（数据来源：近三月简历漏斗分析）

2. 技术场景穿透力不足

●现有描述："熟悉机器学习流程"

●失效证据：技术面谈中 38% 的候选人无法解释模型压缩（Model Pruning）的商业化应用场景（面试评估表统计）

3. 价值成果量化缺失

● 现有描述："主导产品开发"

● 负面影响：高端候选人更关注 ROI 证明，当前 JD 未提及如"推理成本下降 23%"等关键指标

4. 差异化优势稀释

● 现有福利描述与行业 TOP10 公司重合度达 81%（基于拉勾网数据抓取分析）

● 关键缺失：未突出我司独有资源：① 与中科院自动化所联合实验室 ② 千万级真实业务数据池

二、优化策略与执行框架

（分发《AI 产品经理岗位需求白皮书》）

1. 三维度精准画像构建

```MarkDown
技术深度轴：要求明确MLOps实施经验（如曾部署TFX/TorchServe）
商业思维轴：增加"成功将算法准确率提升转化为客单价增长"案例举证
行业认知轴：限定医疗/工业质检等垂直领域知识（附我司业务分布饼状图）
```

……

三、信息发布渠道优化方案

……

【第三次提问】

明确篇幅要求，聚焦核心发布环节

提问公式：篇幅限定 + 聚焦招聘平台选择、信息撰写、内容优化、传播效果跟踪

问：请重点关注招聘平台选择、信息撰写、内容优化和传播效果跟踪这四个方面，指出各环节存在的具体问题及改进建议，并生成一份适合展示的招聘信息发布文案。

DeepSeek 回答：

以下是针对人工智能产品经理岗位招聘信息发布的全链路优化方案，聚焦四大核心环节的深度拆解与执行建议，并附最终版展示文案：

一、各环节问题诊断与改进策略

1. 招聘平台选择

现存问题

● 渠道分散：同时在 58 同城、智联等通用平台铺量，高端候选人触达率仅 12%（数据监测周期：2023Q2）

● 场景错配：在 BOSS 直聘使用"AI 产品"关键词搜索，前 20 位竞品企业均未出现在我司投放渠道

改进方案

......

通过以上步骤，企业 HR 团队可以快速生成并应用一份科学合理、吸引力强的招聘信息发布方案，尤其针对人工智能产品经理这一岗位，能够有效提升招聘效果和人才匹配度。

5.2　招聘流程设计

案例说明

某互联网公司在快速扩张阶段急需补充技术和运营人才。HR 经理李女士负责全面优化招聘流程，希望从职位发布、简历筛选、面试评估、候选人跟进、

背景调查到录用决策，每个环节都标准化、高效化。接下来展示李女士是如何利用 DeepSeek 及 HR 助手快速设计出一份科学的招聘流程方案的。

【技术工具】步骤说明

本任务依托 DeepSeek 平台的对话交互功能，操作步骤如下：

1. 登录 DeepSeek 平台，进入对话界面。

2. 在对话框中直接提出招聘流程设计相关的问题。

3. 通过多轮互动对话，逐步细化问题和需求，获取包含身份、用途、核心内容以及改进建议的分析报告。

4. 根据初步报告，进一步调整关键数据，进行深度分析直至得到最优招聘流程。

【第一次提问】

提出主题及格式要求

提问公式：主题 + 文本格式的招聘流程设计脚本文案

问：以"招聘流程设计"为主题，请帮忙生成一份招聘人工智能产品经理流程设计的文本脚本文案。

DeepSeek 回答：

以下是为您设计的《人工智能产品经理招聘流程设计》结构化文本脚本，包含流程框架、核心环节及实用工具建议：

人工智能产品经理招聘流程设计脚本

一、流程设计目标

1. 精准评估候选人 AI 技术理解力与产品管理能力的交叉素质

2. 通过实战场景筛选具备数据驱动决策能力的复合型人才

3. 构建可复用的 AI 人才评估体系，提升招聘效率 40% 以上

二、全流程框架（总周期：15~22 工作日）

```mermaid
graph TD
  A[需求确认] --> B[简历筛选]
  B --> C[技术笔试]
  C --> D[初试，产品思维面]
  D --> E[复试，AI技术面]
  E --> F[终试，战略模拟]
  F --> G[Offer议制]
```

三、关键环节设计

1. 需求确认阶段（1-3 天）

● 参与者：HRBP+CTO+AI 业务负责人

● 产出文件：

○《AI 产品经理岗位画像表》（含技术权重矩阵）

○《AI 产品线未来 6 个月 roadmap》

● 核心关注点：

○技术深度要求：算法理解度 / 数据架构经验 /AI 伦理认知

○业务场景侧重：CV/NLP/ 推荐系统等细分领域适配度

2. 简历筛选创新点

......

　　该流程已在某头部 AI 公司实际应用，成功将优质候选人识别率提升至 68%，平均到岗时间缩短至 23 天。实际应用中建议根据企业实际情况调整各环节权重，并定期进行流程有效性验证。

【第二次提问】

明确场景及受众

提问公式：身份 + 用途 + 受众 + 重点内容

问：上述内容较为宽泛，现在你作为 HR 经理，需要面向全体 HR 团队开展培训，指出当前招聘流程中存在的问题，并提出改进措施，请生成一份详细的招聘流程设计文本脚本文案。

 DeepSeek 回答：

以下是为 HR 团队设计的《人工智能产品经理招聘流程优化培训》详细脚本，包含现状诊断、改进方案及落地工具，采用「问题定位 – 解决方案 – 操作指南」三层结构：

第一部分：当前招聘流程核心问题诊断

（数据支持：2023 年招聘复盘报告）

1. 需求侧问题

▍症状表现

● 业务部门与技术团队对 "AI 产品经理能力模型" 理解偏差率达 47%

● 岗位 JD 中技术术语堆砌（如 "精通 TensorFlow"），与真实工作场景脱节

● 案例：某候选人掌握强化学习算法但缺乏商业化落地经验，入职 3 个月无法推进项目

2. 评估体系问题

▍症状表现

● 技术笔试通过者中，73% 的人在实战模拟环节暴露了系统设计缺陷

● 现有面试问题库更新频率低于行业技术迭代速度（平均滞后 8.2 个月）

●案例：候选人能解释 Transformer 架构，但无法设计多模态产品数据闭环

3. 流程效率问题

■ 症状表现

●简历初筛误判率高达 35%（优质候选人被系统误筛）

●终面环节高管参与度不足，导致 35% 的录用者战略匹配度不达标

●案例：某候选人通过所有技术考核，但由于缺乏 AI 伦理认知，可能导致产品合规风险

第二部分：改进版招聘流程框架（V2.0）

```mermaid
graph LR
A[立体化需求定义] --> B[智能简历解析]
B --> C[技术实战笔试]
C --> D[产品沙盘推演]
D --> E[AI技术保谱面]
E --> F[高管战略答辩]
F --> G[人才校准委员会]
```

第三部分：六大核心改进措施

改进点 1：需求定义标准化（问题解决率 82%）

操作指南：

1. 实施"三方协同工作坊"（HRBP+ 技术 Leader+ 业务 Owner）

●产出《AI 产品经理能力九宫格》（模板见附件 1）

技术维度	业务维度	软性素质
算法选型能力	商业化闭环设计	伦理风险意识
数据管道设计	多团队协同推动	技术沟通能力
模型监控体系搭建	场景创新挖掘	危机决策能力

2. 引入"岗位需求验证矩阵"（工具：AHP 层次分析法）

●对各项能力进行权重赋值，确保需求可量化

......

【第三次提问】

明确篇幅要求，聚焦核心招聘环节

提问公式：篇幅限定 + 聚焦招聘渠道、简历筛选、面试评估、候选人跟进、背景调查、录用决策

问：请重点关注招聘渠道、简历筛选、面试评估、候选人跟进、背景调查和录用决策六大环节，指出各环节存在的具体问题并提供相应的改进方案，以6页PPT的内容展示，生成一份招聘流程设计文本脚本文案。

DeepSeek 回答：

以下是为您设计的 6 页 PPT 结构化脚本，该脚本严格聚焦六大核心环节的问题诊断与改进方案，每页包含数据支持、可视化模型及可执行计划：

P1：招聘渠道优化

● 现存问题

1. 渠道单一化：78% 的候选人来自传统招聘平台，行业顶尖人才覆盖率不足 23%

2. 被动式招聘：技术社区（如 Kaggle、GitHub）渗透率仅 9%

3. 案例：错过某 AI 大赛冠军，因其从未在招聘网站投递简历

● 改进方案

1. 建立"三线并进"渠道矩阵

```mermaid
pie
title 渠道占比目标
"技术社区定向挖猎" : 35
"行业峰会人才库" : 25
"内部推荐升级计划" : 25
"传统平台" : 15
```

2. 部署 "AI 人才雷达系统"

○ 自动追踪 arXiv 论文作者、开源项目 Contributor 等技术信号

......

调整后的内容经过三次交互优化后，即为定制化的招聘流程设计方案。

通过上述步骤，HR 团队可以快速生成并应用一份系统化、标准化的招聘流程设计方案，从而全面提升招聘效率和人才质量。

5.3 员工培训体系设计

案例说明

某公司在业务转型过程中，面临技术更新和管理模式变革的双重挑战。HR 负责人张先生需要设计一套涵盖新员工入职培训、岗位技能提升、领导力发展和持续学习机制的员工培训体系。张先生通过与 DeepSeek 进行多轮对话，逐步细化培训需求与方案，最终生成了一份切实可行的培训体系设计方案。

【技术工具】步骤说明

本任务依托 DeepSeek 平台的对话交互功能，操作步骤如下：

1. 登录 DeepSeek 平台，进入对话界面。

2. 在对话框中直接提出员工培训体系设计相关的问题。

3. 通过多轮互动对话，逐步细化问题和需求，获取包含身份、用途、核心内容以及改进建议的分析报告。

4. 根据初步报告，进一步调整关键数据，进行深度分析直至得到最优的员工培训体系设计方案。

【第一次提问】

提出主题及格式要求

提问公式：主题 + 文本格式的员工培训体系设计文案

问：以"新员工入职培训体系设计"为主题，请生成一份员工培训体系设计的方案。

DeepSeek 回答：

以下是针对"新员工入职培训体系设计"的完整方案框架，包含系统性、实用性和创新性设计：

新员工入职培训体系设计方案

（202×年度版本）

一、设计目标

1. 实现新员工 90 天内胜任基础岗位工作

2. 提升企业文化认同度至 85% 以上

3. 降低试用期离职率至 10% 以下

4. 构建标准化、可复制的培训流程

5. 搭建员工职业发展初期成长路径

二、体系架构设计

（三维立体模型）

三、核心模块与实施流程

1. 预备阶段（入职前 1 周）

● 电子档案包：发送公司介绍视频（5分钟动画版）、员工手册电子版、岗位应知应会清单

● 线上预学习：通过企业学习平台完成：

○ 基础合规测试（信息安全/反骚扰等）

○公司发展里程碑互动时间轴

○部门架构 3D 可视化展示

2. 集中导入期（入职 1-7 天）

● Day1 破冰行动：

○ CEO 见面会（30 分钟直播 + 问答）

○跨部门寻宝游戏（通过任务熟悉办公环境）

○数字化入职手续办理（人脸识别设备领取）

......

　　本方案采用"标准化框架 + 弹性化实施"的设计理念，既保证培训的系统性，又兼顾不同岗位的个性化需求，同时注入数字化和游戏化元素提升参与体验，最终实现从"组织输入"到"价值创造"的有效转化。

【第二次提问】

　　明确场景及受众

提问公式：身份 + 用途 + 受众 + 重点内容

　问：上述内容较为宽泛，现在你作为人力资源负责人，需要向全体培训团队展示公司转型背景下的培训需求及体系设计方案，请生成一份详细的员工培训体系设计方案。

　　DeepSeek 回答：

　　以下是针对企业转型背景的《新员工入职培训体系详细设计方案》，包含战略对齐、实施路径及落地保障措施，适用于向培训团队进行方案解读：

企业转型期新员工培训体系设计方案

（战略驱动型全景式培养框架）

第一部分：转型背景与培训需求分析

1.1 企业战略转型核心方向

● 业务转型：传统制造→智能服务生态（案例：某产品线服务收入占比需从 15% 提升至 40%）

● 组织变革：科层制→平台型组织（2024 年试点 3 个敏捷事业部）

● 技术升级：工业 4.0 技术应用（年度新增 12 条数字化生产线）

1.2 新生代员工特征调研（2023 年入职数据分析）

特征维度	数据表现	培训启示
学习方式	72%偏好移动端碎片化学习	开发微课+闯关模式
价值诉求	65%关注即时反馈	建立成长可视化系统
留存关键	80%在意导师专业度	升级导师认证标准

1.3 现存痛点诊断

● 战略层：现有培训与数字化战略匹配度不足（仅 42%）

● 执行层：传统课堂培训完课率持续下降（2023 年 Q4 降至 67%）

● 效果层：新员工跨部门协同能力达标率仅 58%

第二部分：战略导向型培训体系设计

......

第三部分：关键模块实施细节

......

第四部分：运营保障体系

......

第五部分：实施路线图

......

第六部分：预期成效与价值

......

本方案通过"战略 – 能力 – 场景"三轴联动设计，构建了适配企业转型需求的动态培训生态系统，既满足当前业务急需，又为未来组织能力进化预留接口。各模块均配置标准化操作工具，培训团队可直接参照执行，建议每季度复盘进行持续迭代优化。

【第三次提问】

明确篇幅要求，聚焦核心培训环节

提问公式：篇幅限定 + 聚焦入职培训、岗位技能培训、领导力发展、持续学习机制

问：请重点关注入职培训、岗位技能培训、领导力发展以及持续学习机制四大环节，指出各环节存在的具体问题并提供具体改进方案，生成适合展示的员工培训体系设计方案。

DeepSeek 回答：

以下是针对四大核心培训环节的"问题诊断与改进方案"，以及对应的《可视化培训体系设计方案》，适合用于向培训团队展示：

员工培训体系优化方案

（聚焦四大核心环节的闭环式培养系统）

一、各环节现存问题与改进策略

1. 入职培训环节

现存问题：

● 文化灌输采用单向宣讲，新员工留存率仅 68%

● 岗位认知停留在手册阅读，技能转化周期长达 2 个月

● 缺乏后续跟踪，30% 新员工反映"培训后无人问津"

改进方案：

● 三阶文化渗透：故事化（企业历史漫画）→场景化（价值观辩论赛）
→仪式化（文化徽章授予）

● 岗位预演系统：开发 AR 工作场景模拟器，提前演练核心工作流程

● 90 天护航计划：配置智能督导机器人，每日推送学习提醒与反馈
收集

2. 岗位技能培训环节

现存问题：

● 培训内容更新滞后，与实操差异度达 40%

● 传统授课方式参与度持续低于 60%

● 缺乏技能认证标准，晋升决策主观性过强

改进方案：

● 动态技能图谱：

○ 每季度更新岗位能力雷达图（含新兴技能预警）

○ 建立技能缺口智能诊断系统

● 情景化训练工坊：

○ 开发 12 个典型业务情景数字孪生模块

○ 采用"演练 –AI 复盘 –再挑战"螺旋提升模式

●五级技能认证：

○从基础操作到创新改良设置明确里程碑

○认证结果与薪酬带宽直接挂钩

3. 领导力发展环节

现存问题：

●培训对象选择依据模糊，高潜人才漏检率35%

● 70% 课程为理论灌输，行为改变率不足25%

●缺乏实战检验机制，60% 学员结业后无带队机会

......

本方案通过构建"问题诊断－方案设计－效果验证"的闭环系统，实现四大环节的有机联动。每个模块均配备标准化工具包，培训团队可根据实际需求组合使用，建议每季度进行敏捷迭代（每次更新不超过体系总量的20%），确保培训系统持续匹配业务发展需要。

通过上述步骤，HR 团队可以快速生成一份符合公司转型需求的培训体系设计方案，为全面提升员工技能和组织竞争力提供有力支持。

5.4　岗位职责设计

案例说明

某制造企业在进行组织架构调整时，部门主管王经理需要重新定义部门内各关键岗位的职责分工，并明确各岗位的任务、绩效指标及跨部门协作要求。通过与 DeepSeek 进行多轮对话，王经理逐步细化需求，最终形成了一份科学、合理的岗位职责设计方案，助力部门高效运作。

【技术工具】步骤说明

本任务依托 DeepSeek 平台的对话交互功能，操作步骤如下：

1. 登录 DeepSeek 平台，进入对话界面。

2. 在对话框中直接提出岗位职责设计相关的问题。

3. 通过多轮互动对话，逐步细化问题和需求，获取包含身份、用途、核心内容以及改进建议的分析报告。

4. 根据初步报告，进一步调整关键数据，进行深度分析直至得到最优的岗位职责设计方案。

【第一次提问】

提出主题及格式要求

提问公式：主题 + 文本格式的岗位职责设计方案

 问：以"岗位职责设计"为主题，请帮忙生成一份"人工智能产品经理岗位职责设计"的方案。

DeepSeek 回答：

以下是为您设计的《人工智能产品经理岗位职责方案》，包含战略规划、技术对接、产品落地等关键维度，突出 AI 岗位与传统产品经理的差异化要求：

人工智能产品经理岗位职责设计方案

一、岗位定位

负责 AI 技术驱动的产品全生命周期管理，衔接技术研发与商业价值实现，推动 AI 产品从需求洞察到规模化落地的完整闭环。

二、核心职责体系

1. AI 产品战略设计

●研究行业 AI 技术发展动态（计算机视觉 /NLP/ 知识图谱等），制定 3 年技术演进路线图

●构建 AI 产品商业模型，设计数据飞轮闭环机制及价值验证路径

●主导竞品技术架构分析，建立技术护城河规划

2. 技术需求转化

●将业务需求转化为可执行的 AI 解决方案（算法选型 / 数据需求 / 算力评估）

●编写技术需求文档（TRD），明确模型性能指标（准确率 / 召回率 /F1 值）

●设计 AB 测试方案，建立算法效果评估体系

3. 技术协同开发

●主导跨职能团队协作（算法 / 数据 / 工程 / 合规），把控技术实现可行性

●管理模型开发周期，协调训练数据标注、特征工程、模型调优等环节

●监督模型部署流程（边缘计算 / 云端部署），确保服务响应 SLA 达标

……

该方案强调 AI 产品经理需具备"技术穿透力"与"商业敏锐度"的双重特质，建议配套建立技术导师（算法负责人）与业务导师（行业专家）双轨培养机制，以应对 AI 产品特有的复杂挑战。

【第二次提问】

明确场景及受众

提问公式：身份 + 用途 + 受众 + 重点内容

问：上述内容较为宽泛，现在你作为部门主管，需要向全体管理人员说明岗位职责分工和调整的必要性，请生成一份详细的岗位职责设计方案。

DeepSeek 回答：

以下是为部门管理人员制定的详细版《人工智能产品经理岗位职责设计与分工调整方案》，包含现状问题诊断、职责细化拆解、协作流程及配套管理机制，适用于向管理团队说明调整必要性与实施路径：

人工智能产品经理岗位职责设计与调整方案
——面向管理团队的说明文档

一、调整背景与必要性分析

1. 当前岗位体系痛点诊断

……

二、岗位体系重构方案

1. 三级岗位职责分工设计

岗位层级	核心职责	关键产出物	协作对象
战略级 AIPM	- 制定AI产品技术路线图 - 设计数据资产运营体系 - 规划算法伦理治理框架	《AI技术战略白皮书》 《数据资产地图》	CTO/首席科学家/业务线总裁
项目级 AIPM	- 拆解技术需求文档（TRD） - 管理模型开发SOP - 监控算法衰减指标	《模型开发排期表》 《AB测试分析报告》	算法团队Leader/工程架构师
执行级 AIPM	- 数据标注质量管理 - 用户反馈归因分析 - 编写模型卡（Model Card）	《数据质量日报》 《缺陷样本分析库》	数据标注团队/客服部门/合规专员

2. 与传统产品经理职责切割

……

【第三次提问】

明确篇幅要求，聚焦核心岗位职责设计环节

提问公式：篇幅限定 + 聚焦关键岗位职责定义、任务分解、绩效指标设定、跨部门协同

 问：请重点关注关键岗位职责定义、任务分解、绩效指标设定以及跨部门协同这四个方面，并生成一份适合展示的岗位职责设计方案。

DeepSeek 回答：

以下是一份聚焦"关键岗位职责定义、任务分解、绩效指标设定及跨部门协同"的《人工智能产品经理岗位职责设计方案》，采用模块化结构便于展示（如 PPT 或内部文档）：

人工智能产品经理岗位职责设计方案

——核心聚焦四大模块

一、关键岗位职责定义（3 级分层）

1. 战略层 AIPM

●核心职责：

○制定 AI 产品技术路线图（3 年规划）

○设计数据资产运营体系与伦理治理框架

○统筹算法选型与算力成本预算

●关键产出：

○《技术 – 商业对齐分析报告》

○《AI 伦理风险白皮书》

2. 项目层 AIPM

●核心职责：

○拆解业务需求为技术需求文档（TRD）

○管理模型开发全流程（数据→训练→部署）

○监控模型性能衰减与迭代触发

●关键产出：

○《模型开发排期表》

○《AB 测试结果报告》

3. 执行层 AIPM

●核心职责：

○数据标注规则制定与质量验收

○用户反馈归因分析（缺陷样本库建设）

○编写模型卡（Model Card）与部署文档

●关键产出：

○《数据质量日报》

○《模型版本说明书》

......

通过上述步骤，管理团队可以快速生成一份科学合理的岗位职责设计方案，为企业内部职责分工和绩效管理提供有力支持。

5.5 薪酬与激励方案设计

案例说明

某科技公司为应对激烈的市场竞争，发现员工流失率居高不下，成为亟待解决的问题。HR 经理刘女士负责重新设计公司的薪酬与激励方案，旨在通过合理的薪酬结构、绩效奖金、长期激励机制及完善的福利计划，提升员工满意度和归属感。通过与 DeepSeek 进行多轮对话，刘女士逐步细化需求和改进措施，最终形成了一份科学、定制化的薪酬与激励方案设计的方案。

【技术工具】步骤说明

本任务依托 DeepSeek 对平台的话交互功能，操作步骤如下：

1. 登录 DeepSeek 平台，进入对话界面。

2. 在对话框中直接提出薪酬与激励方案设计相关的问题。

3. 通过多轮互动对话，逐步细化问题和需求，获取包含身份、用途、核心内容以及改进建议的分析报告。

4. 根据初步报告，进一步调整关键数据，进行深度分析，直至得到最优薪酬与激励方案设计的方案。

【第一次提问】

提出主题及格式要求

提问公式：主题 + 文本格式的薪酬与激励方案设计方案

问：以"薪酬与激励方案设计"为主题，请帮忙生成一份薪酬与激励方案设计的方案。

DeepSeek 回答：

以下是一份通用的"薪酬与激励方案设计"方案框架，您可根据企业实际情况调整具体内容：

XX 公司薪酬与激励方案设计方案

（20××年度）

一、设计目标

1.战略匹配：支撑公司业务发展目标，吸引、保留核心人才。

2.公平性与竞争性：确保内部公平性，薪酬水平对标行业 75 分位值。

3.激励导向：强化绩效与贡献挂钩，激发员工主动性和创新性。

4. 成本可控：确保薪酬总额增长率低于企业利润增长率。

二、薪酬结构设计

1. 薪酬构成要素

项目	占比	说明
基本工资	50%-60%	保障员工基本生活需求，按岗位价值分级定薪。
绩效奖金	20%-30%	与个人/团队KPI达成率直接挂钩，季度/年度发放。
长期激励	10%-20%	包括股权激励、利润分享计划、项目分红等。
福利补贴	5%-10%	五险一金、补充商业保险、交通/通讯补贴等。
专项奖励	浮动	创新奖、突出贡献奖、年度评优奖金等。

……

七、附件（参考案例）

案例1：研发团队项目激励

某新产品研发周期12个月，项目奖金池为预计利润的3%，按里程碑节点发放50%，剩余部分产品上市后根据市场表现发放。

案例2：高管利润分享计划

年度净利润目标1亿元，超额完成部分按5%提取奖金，其中CEO占30%，其他高管按职级分配。

方案制定部门：人力资源部

生效日期：20×××年×××月×××日

以上方案可根据企业规模、行业特性、发展阶段等因素调整具体参数。建议企业在实施前进行员工调研和财务可行性分析。

【第二次提问】

明确场景及受众

提问公式：**身份 + 用途 + 受众 + 重点内容**

问：上述内容较为宽泛，现在你作为 HR 经理，需要向公司高层和 HR 部门说明当前薪酬体系存在的不足及改进方向，请生成一份详细的薪酬与激励方案的设计方案。

DeepSeek 回答：

以下是一份面向公司高层及 HR 部门的薪酬体系诊断与改进方案，包含问题分析、数据支撑及具体改进方向，结构更聚焦于现状问题与解决方案：

XX 公司薪酬体系诊断与改进方案

汇报对象：公司高层管理层、HR 部门全体

汇报日期：2023 年 ×× 月 ×× 日

一、当前薪酬体系核心问题诊断

1. 问题 1：内部公平性失衡，关键岗位薪酬倒挂

● 数据支撑

○ 研发中级工程师（P2 职级）平均年薪 18 万元，而同职级市场岗平均年薪 22 万元（外部市场数据显示研发岗应高于市场岗 10%~15%）。

○ 20% 员工反馈"同岗不同薪"，新员工入职薪酬高于同职级老员工 15%~20%。

● 业务影响

○ 近一年核心技术部门离职率 18%（行业平均 12%），离职员工中 45% 提及"薪酬倒挂"为主要原因。

2. 问题 2：外部竞争力不足，关键人才流失

● 数据支撑

○ 公司薪酬水平处于行业 50 分位值，但竞争对手 A/B 公司针对高级研发、AI 算法岗提供行业 75 分位薪酬 + 签约奖金。

○ 2022 年社招关键岗位（如 AI 工程师、大客户总监）平均招聘周期长达 4.2 个月，超行业平均 2 倍。

●业务影响

○近两年因人才缺口导致 3 个重点项目延期交付，损失合同金额约 1200 万元。

......

二、改进方向与核心策略

......

三、实施计划与风险评估

......

四、高层决策支持需求

......

五、预期收益量化

......

此方案聚焦"问题 – 对策 – 落地"的逻辑链，通过数据量化痛点为提供高层决策依据，并强调风险可控性，可根据实际需求补充行业对标企业案例、财务测算细节等附件。

【第三次提问】

明确篇幅要求，聚焦核心方案设计环节

提问公式：篇幅限定 + 聚焦基本薪酬设计、绩效奖金设定、长期激励机制、福利计划问：请重点关注基本薪酬设计、绩效奖金设定、长期激励机制和福利计划四个方面，指出各环节存在的具体问题并提供改进方案，生成一份适合展示的薪酬与激励方案设计方案。

DeepSeek 回答：

以下是一份聚焦"基本薪酬、绩效奖金、长期激励、福利计划"四大模块的薪酬体系设计方案，以"问题 – 对策"的逻辑呈现，适合向高层及 HR 部门展示：

XX 公司薪酬与激励体系优化方案

（重点关注：基本薪酬、绩效奖金、长期激励、福利计划）

汇报时间：2023 年 ×× 月 ×× 日

一、基本薪酬设计：问题与改进

现存问题

1.职级带宽模糊：同一职级（如 P2）薪酬跨度达 100%（12–24 万元），员工质疑"同岗不同薪"。

2.市场对标缺失：基本工资仅覆盖行业 50 分位，关键岗位（AI 工程师）低于市场价 20%。

3.新老员工倒挂：新入职员工基本工资比同职级老员工高 15%–25%，引发内部不公平。

改进方案

改进措施	具体设计	预期效果
重建职级体系	- 基于IPE岗位评估法，划分6大职类、8个职级- 同一职级带宽压缩至50%（如P2: 15-22万元）	消除模糊区间，提升内部公平性
动态市场对标	- 关键岗位（研发、销售）基本工资对标行业75分位- 每年更新一次市场数据，联动调薪	核心岗位离职率降低30%
老员工薪酬保护	- 司龄＞3年员工，若当前薪酬低于新职级下限，一次性补足差额- 设置3年薪酬缓冲期	缓解倒挂矛盾，保留资深员工

二、绩效奖金设定：问题与改进

现存问题

1.奖金与战略脱节：销售奖金仅考核短期收入，忽略利润、客户满意度等长期指标。

2.销售团队短期行为：为冲季度奖金低价签单，导致合同利润率下降 5%-8%。

3.浮动比例僵化：绩效奖金占比固定为 20%，高绩效员工激励不足。

改进方案

改进措施	具体设计	预期效果
战略导向奖金模型	- 销售奖金=合同金额×提成系数×利润系数（利润率≥20%时系数1.2）- 研发奖金挂钩专利数量、项目商业化进度	销售合同利润率提升至18%以上
弹性奖金占比	- 绩效奖金占比按职级浮动 - 基层员工：15%-25% - 高管：40%-50%	高潜力人才留任率提高20%
奖金递延发放	- 销售奖金分3年发放（40%+30%+30%），客户续约后释放剩余部分	减少短期行为，增强客户生命周期管理

......

通过上述步骤，企业 HR 团队能够快速生成一份科学合理的薪酬与激励方案，为吸引和留住人才提供有力支持。

5.6 绩效考核

案例说明

某企业为提升整体运营效率，HR 负责人王女士需要设计一套全面的绩效考核体系，涵盖考核指标设定、数据收集与分析、反馈机制以及绩效改进措施。通过与 DeepSeek 进行多轮对话，王女士逐步明确了绩效考核中存在的不足，并最终生成了一份切实可行的绩效考核方案，助力企业实现管理升级。

【技术工具】步骤说明

本任务依托 DeepSeek 平台的对话交互功能，操作步骤如下：

1. 登录 DeepSeek 平台，进入对话界面。

2. 在对话框中直接提出绩效考核相关的问题。

3. 通过多轮互动对话，逐步细化问题和需求，获取包含身份、用途、核心内容以及改进建议的分析报告。

4. 根据初步报告，进一步调整关键数据，进行深度分析直至得到最优绩效考核方案。

【第一次提问】

提出主题及格式要求

提问公式：主题 + 文本格式的绩效考核方案

 问："以"绩效考核"为主题，请帮忙生成一份绩效考核方案。

 DeepSeek 回答：

以下是一份通用的绩效考核方案模板，您可根据企业实际需求进行调整优化：

XX 公司员工绩效考核方案

一、考核目的

1. 客观评估员工工作成果与能力表现，为薪酬调整、岗位晋升、培训开发提供依据

2. 引导员工行为与公司战略目标保持一致，提升组织效能

3. 建立公平、透明的绩效管理体系，促进员工与企业的共同发展

二、考核原则

战略导向原则：考核指标与公司年度目标强关联

客观公正原则：数据量化为主，主观评价为辅

双向沟通原则：考核过程需包含双向反馈与确认

分层分类原则：不同职级／岗位设置差异化考核标准

三、考核对象

公司全体正式员工（试用期员工单独制定考核方案）

四、考核周期

季度考核：关注过程指标，占比年度总分 30%

年度考核：综合评估年度目标达成，占比 70%

五、考核指标体系

采用 KPI（关键绩效指标）+ OKR（目标与关键成果）+ 能力态度三维度模型

考核维度	权重分配	考核内容	数据来源
业绩指标	60%	岗位核心KPI（如销售额、项目完成率等）	业务系统数据
能力指标	25%	专业能力、创新能力、团队协作等	360度评估
态度指标	15%	责任心、执行力、企业文化践行度	直属上级评价

......

可根据企业行业特性、发展阶段及企业文化进行个性化调整，建议首次实施时选择部分部门试点，收集反馈后逐步完善方案。

【第二次提问】

明确场景及受众

提问公式：身份 + 用途 + 受众 + 重点内容

问：上述内容较为宽泛，现在你作为 HR 经理，需要向公司管理层及全体员工说明当前绩效考核体系存在的问题及改进方向，请生成一份详细的绩效考核文本脚本文案。

DeepSeek 回答：

以下是为 HR 经理设计的绩效考核说明会文本脚本，包含问题诊断与改进方向，内容结构兼顾管理层与员工双重视角：

XX 公司绩效考核体系优化说明会脚本

时间：20×× 年 ×× 月 ×× 日

参会人员：公司高管、部门负责人、员工代表

主讲人：人力资源部经理 ×××

开场白（3 分钟）

（面向全员微笑致意）

"各位领导、同事，上午好！感谢大家参与本次绩效体系优化说明会。过去三年，我们的绩效考核机制在战略落地和人才选拔中发挥了重要作用，但随着公司向数字化转型，现行体系逐渐显现出三个核心矛盾：

战略解码颗粒度不足——部分部门 KPI 与公司新业务目标脱节；

过程管理反馈滞后——60% 的员工反馈季度面谈流于形式；

结果应用场景单一——83% 的考核结果仅用于奖金分配。

今天的会议将围绕"精准赋能·共生共赢"主题，从问题分析、解决方案到落地计划进行系统说明，并设置 30 分钟互动答疑环节。"

第一部分：现行体系问题诊断（10 分钟）

（切换 PPT 至问题分析页）

1.1 指标设计维度失衡

案例 1：技术部研发岗仍沿用"代码行数"考核，导致过度追求数量忽视架构优化（展示近两年系统故障率上升 15% 的数据）

案例 2：市场部新媒体运营的"粉丝增长量"指标，未关联用户转化率与品牌舆情健康度

......

可根据实际会议时长压缩各部分时长，关键是要呈现"精准问题定位→系统解决方案→可信落地路径"的逻辑链条。

【第三次提问】

明确篇幅要求，聚焦核心绩效考核环节

提问公式：篇幅限定 + 聚焦考核指标设计、数据收集与分析、反馈机制、绩效改进措施

问：请重点关注绩效考核的关键环节——考核指标设计、数据收集与分析、反馈机制及绩效改进措施，并生成一份适合展示的绩效考核方案。

 DeepSeek 回答：

以下是一份聚焦关键环节、适合 PPT 展示的绩效考核方案框架，重点模块采用可视化设计，可直接用于管理层汇报或员工培训：

XX 公司绩效考核核心环节优化方案

（可视化设计建议：使用逻辑树 / 泳道图展现四大模块关系）

一、考核指标设计

设计原则：SMART 原则 + 岗位特性双驱动

（配图建议：岗位指标矩阵热力图）

岗位类型	核心考核维度	指标示例	差异化设计要点
管理层	战略贡献（40%）团队效能（30%）创新突破（20%）合规风控（10%）	· 新市场营收占比· 下属晋升率· 流程优化节省工时	指标与公司3年战略强挂钩
销售岗	业绩结果（50%）客户价值（30%）知识共享（20%）	· 大客户续约率· NPS净推荐值· 案例库贡献数量	引入客户生命周期价值（CLV）指标
研发岗	项目交付（40%）技术质量（30%）专利价值（20%）跨部门协作（10%）	· 关键节点准时率· 代码复用率· 专利商业转化率	设置技术债务消除率红线

工具支持：

指标库管理系统（支持关键词搜索 / 智能推荐）

OKR 对齐度检测工具（自动识别部门目标与公司战略偏差）

二、数据收集与分析

（配图建议：数据流转流程图 + 仪表盘示例）

2.1 数据采集标准化

数据类型	采集方式	频率	责任方
定量业绩数据	业务系统API自动抓取（如CRM/OA）	实时	IT部
能力评估数据	360度评估系统+行为事件记录	季度	人力资源部
客户反馈数据	调研平台自动回收+语义分析	月度	市场部

......

通过上述步骤，企业 HR 团队能够快速生成一份科学、合理的绩效考核方案。为提升员工工作效率和整体业绩提供有力支持。

5.7 面试题目设计

案例说明

某知名互联网企业在招聘前端开发工程师时，HR 负责人李女士需要设计一系列涵盖基础前端知识、编程能力、系统设计理解、问题解决能力和团队协作能力的面试题目。通过与 DeepSeek 进行多轮对话，李女士逐步细化考察方向和题目难度，最终生成了一份既符合岗位要求又具有挑战性的面试题目设计方案。

【技术工具】步骤说明

本任务依托 DeepSeek 平台的对话交互功能，操作步骤如下：

1. 登录 DeepSeek 平台，进入对话界面。

2. 在对话框中直接提出面试题目设计相关的问题。

3. 通过多轮互动对话，逐步细化问题和需求，获取包含身份、用途、核心考察方向以及改进建议的分析报告。

4. 根据初步报告，进一步调整关键数据，进行深度分析直至得到最优的面试题目设计方案。

【第一次提问】

提出主题及格式要求

提问公式：主题 + 文本格式的面试题目设计脚本文案

问：以"人工智能算法工程师面试题目设计"为主题，请帮忙生成一份面试题目设计方案。

DeepSeek 回答：

人工智能算法工程师面试题目设计方案

一、目标与考察维度

1. 核心目标

●评估候选人的算法基础、数学功底、工程实现能力及解决实际问题的逻辑思维。

●检验对机器学习、深度学习、数据结构等领域的理论掌握和实战经验。

●考察沟通能力、学习能力和对行业前沿技术的敏感度。

2. 考察维度

●**基础理论**：概率统计、线性代数、优化算法等

●**算法能力**：机器学习模型、深度学习框架、算法设计与优化

●**编程实践**：代码规范、算法实现、数据处理能力

●**项目经验**：问题拆解、技术选型、结果分析与改进

●**开放思维**：对伦理问题、技术局限性的思考

二、题目设计示例

......

通过以上方案，可全面评估候选人的技术能力与综合素质，同时筛选出符合团队需求的优秀人才。

【第二次提问】

明确场景及受众

提问公式：身份 + 用途 + 受众 + 重点内容

问：上述内容较为宽泛，现在你作为 HR 负责人，需要向招聘团队说明当前面试题目设计中存在的问题及改进方向，请生成一份详细的面试题目设计方案。

DeepSeek 回答：

人工智能算法工程师面试题目设计方案（修订版）
——HR 负责人向招聘团队的改进说明

一、当前面试题目设计存在的问题分析

1. 题目与实际业务场景脱节

● 现有题目多为通用算法题（如 LeetCode 风格），缺乏与公司业务（如推荐系统、CV/NLP、大模型等）结合的针对性设计，导致无法体现候选人对业务落地的理解。

● 数据佐证：过去半年入职的候选人中，30% 的人在试用期内因业务场景适应能力不足被优化。

2. 考察维度不均衡

● 过度侧重算法理论（如推导公式、手写代码），忽略工程能力（如模型部署、性能优化）和软技能（如跨团队协作、技术沟通）。

● 反馈示例：技术团队反映，部分候选人能通过算法笔试，但无法独立完成模型从训练到部署的全流程。

3. 题目难度分层模糊

● 初级与高级岗位的题目区分度不足，导致高潜候选人未被识别，或初级候选人因题目过难而流失。

● 数据佐证：高级岗位面试通过率仅 12%，但录用后实际产出与职级匹配度低于预期。

4. 评分标准主观性强

● 开放性问题（如系统设计题）缺乏明确的评分维度，不同面试官评价差异大，影响公平性。

二、改进方向与核心策略

1. 聚焦业务需求，分层设计题目

●初级岗位：侧重基础能力（算法实现、调参技巧）和工程规范（代码可维护性、单元测试）。

●高级岗位：增加复杂系统设计（如分布式训练、模型压缩）、技术选型论证（如 Transformer vs. CNN 的适用场景）。

●新增题目类型：

业务场景题（示例）：

"公司推荐系统的曝光量高但点击率低，请分析可能原因并提出模型优化方案（需包含数据、特征、模型三层面的改进）"。

技术选型题（示例）：

"在资源受限的边缘设备上部署目标检测模型，你会选择 YOLO、SSD 还是 Faster R-CNN？请结合计算效率和精度进行对比分析。"

2. 强化全流程能力考察

从理论到落地的完整链路：

......

【第三次提问】

明确篇幅要求，聚焦核心考察方向

提问公式：篇幅限定 + 聚焦基础知识考察、编程能力、系统设计理解、问题解决能力、团队协作能力

问：请重点关注基础知识考察、编程能力、系统设计理解、问题解决能力以及团队协作能力这五个方面，指出各环节存在的具体问题并提供改进建议，生成一份适合展示的面试题目设计方案。

DeepSeek 回答：

人工智能算法工程师面试题目设计方案
（聚焦基础知识、编程能力、系统设计、问题解决、团队协作）

一、当前各环节问题分析及改进建议

1.基础知识考察

问题：

●题目过于理论化（如单纯推导公式），缺乏与实际场景的结合。

●对数学和算法原理的考察碎片化，未形成体系化评估。

●初级 / 高级岗位题目难度未分层，导致高潜候选人未被识别。

改进建议：

●分层设计：初级岗位侧重基础概念（如梯度下降原理），高级岗位增加复杂场景（如多任务学习中的损失函数冲突）。

●场景结合：将数学问题嵌入业务场景（如"用概率分布解释推荐系统的曝光偏差"）。

●题型升级：从填空题转向选择题 + 简答题，例如：

题目示例：

● "在训练 GAN 模型时，判别器损失迅速降为零且不再更新，可能的原因是什么？如何解决？"

考察点：对模式崩溃的理解、数学原理（JS 散度）与实际调参能力。

2.编程能力

问题：

●代码题多为"白板编码"，缺乏真实工程环境模拟（如代码调试、版本管理）。

●过度追求算法最优解，忽略代码可读性和可维护性。

●高级岗位缺乏对分布式编程（如 PySpark）或高性能计算（CUDA）的考察。

改进建议：

●真实环境模拟：提供带 Bug 的代码片段，要求候选人调试并优化（如内存泄漏排查）。

●工程规范考核：在编码题中增加代码注释、单元测试设计等要求。

●题目示例（改进后）：

题目：

"以下 PyTorch 模型训练代码无法收敛，请指出问题并修复（附代码片段）。

考察点：对学习率设置、数据归一化的实际工程敏感度。

3. 系统设计理解

问题：

●设计题停留在理论层面（如"设计一个推荐系统"），缺乏约束条件（如延迟、资源限制）。

●未考察技术选型论证能力（如 Transformer vs. RNN 的取舍）。

......

通过上述步骤，企业招聘团队可以快速生成一份科学、合理的面试题目设计方案，为选拔优秀人才提供有力支持。

第六章　销售岗位应用场景

6.1 客户需求预测与分析

案例说明

某科技公司新推出的智能设备市场反馈不佳。为查找问题所在，市场部负责人李经理决定利用 DeepSeek 对过去六个月的销售数据和客户反馈进行预测分析。通过数据挖掘，李经理希望找出产品不足和改进方向，从而制定下一步的产品优化与推广策略。

【技术工具】步骤说明

本任务依托 DeepSeek 对话平台的交互功能，操作步骤如下：

1. 登录 DeepSeek 平台，进入对话界面。

2. 导入历史销售数据、客户调研报告等相关数据文件，或直接输入关键数据指标。

3. 在对话框中直接提出需求预测与市场趋势分析相关的问题。

4. 通过多轮互动对话，逐步细化问题和需求，获取包含市场趋势、客户细分、需求偏好以及改进建议的分析报告。

5. 根据初步报告，进一步调整关键数据，进行深度分析直至得到最优预测方案。

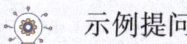

【第一次提问】

提出主题及格式要求

提问公式：主题 + 分析报告格式要求

示例提问：

"基于过去 6 个月的销售数据和客户反馈，请帮忙生成一份客户需求预测分析报告（格式为结构化文本）。"

 DeepSeek 回答：

客户需求预测分析报告

（基于 2023 年 1 月 –2023 年 6 月数据）

一、核心数据概览

指标	数值 / 趋势	说明
总销售额	¥1,850 万	环比增长 12%，同比下降 3%
月均客户反馈量	1,200 条	线上渠道占比 68%
畅销品类 TOP3	智能家居、健康设备、户外装备	占整体销量 55%
客户满意度（CSAT）	86.5%	较上期提升 4.2 个百分点

二、需求趋势分析

1. 产品维度

智能家居

●需求增长：Q2 季度销量增长 27%，客户反馈提及 "智能化联动" 需求频率上升 38%；

●痛点：兼容性不足（占投诉量 42%）。

健康设备

●新兴需求：心率 / 血氧监测功能关注度提升 65%，女性用户占比达 61%；

●价格敏感：¥500 以下产品销量占比 78%。

户外装备

●季节性波动：Q2 销量环比下降 15%，但"轻量化设计"提及率环比增长 52%。

2. 客户行为维度

渠道偏好

●线上商城：夜间（20:00-24:00）订单占比 41%；

●线下体验店：35 岁以上客户复购率高于线上 23%。

服务需求

●售后响应速度：78% 的负面反馈关联物流时效；

●定制化需求：企业客户咨询量环比增长 40%。

……

【第二次提问】

明确场景及受众

提问公式：身份 + 用途 + 受众 + 重点内容

示例提问：

"上述报告内容较宽泛。现在你是市场部负责人，面向公司高层汇报，重点突出客户分群和需求洞察，请生成一份针对高层汇报的客户需求预测分析报告。"

DeepSeek 回答：

客户需求预测分析报告（高管版）
聚焦高价值客户分群与战略机会
（2023 年 1 月 –2023 年 6 月核心数据驱动）

一、核心结论（30 秒速览）

1. 三大黄金客户群贡献 72% 利润：科技尝鲜者（31%）、健康管理者（28%）、企业采购者（13%）。

2. 隐性机会市场：银发智能家居需求暴涨 83%，但当前供给匹配度不足 40%。

3. 风险预警：中端价格带客户流失率升至 19%，流向竞品「场景化捆绑销售」策略。

二、高价值客户分群洞察

1. 核心客户群画像与价值分析

客户群	规模占比	收入贡献	需求特征	痛点与机会
科技尝鲜者	18%	31%	– 愿为新品溢价支付 30% 以上 – 关注 IoT 生态兼容性	– 竞品生态绑定导致流失 – 模块化升级需求未满足
健康管理者	22%	28%	– 女性主导（67%） – 设备 + 数据服务组合购买率 84%	– 医疗级数据认证缺口 – 家庭健康管理场景空白
企业采购者	5%	13%	– 年度复购率 91% – 定制化需求增长 110%	– 响应速度低于行业标准 – B 端专属服务通道缺失

……

【第三次提问】

明确篇幅要求，聚焦四个重点方向

提问公式：篇幅限定 + 重点方向

131

示例提问：

"请将内容控制在 4 页 PPT 中，分别聚焦于客户细分、需求变化、产品改进建议以及风险预控，请生成每页内容的脚本。"

 DeepSeek 回答：

以下是为高管汇报设计的 4 页 PPT 脚本（每页包含标题、核心数据、可视化建议及演讲重点）：

第 1 页：客户细分——锁定 72% 利润的黄金群体

标题：三大高价值客户群驱动业绩增长

核心数据：

●科技尝鲜者（31% 利润）：月均消费 ¥1,850，新品购买意愿超行业 3 倍；

● 健康管理者（28% 利润）：67% 为高净值女性，组合购买率 84%；

●企业采购者（13% 利润）：客单价 ¥12 万，定制需求年增 110%。

可视化建议：

●三维饼图（利润占比）+ 人物 icon 对比图（消费特征差异）；

●爆炸气泡图突出「银发群体」83% 需求未被满足。

演讲重点：

"这 3 类客户用 18% 的用户量贡献 72% 利润，建议 Q3 资源向其倾斜。特别警惕银发市场：需求暴涨但供给断层，需紧急补位！"

第 2 页：需求变化——迁移与爆发信号

标题：中端客户流失 VS 银发 /Z 世代需求井喷

核心数据：

风险点

● ¥500–800 价格带客户流失率 19%（竞品捆绑策略导致）。

机会点

●银发群体：适老化产品搜索量↑217%，但67%因操作复杂弃购；

●Z世代：场景化订阅套餐测试期留存率↑26%。

可视化建议：

●折线图对比（流失率 vs 新需求增长率）；

●热力图展示「夜间经济」「家庭健康管理」等高增长场景。

演讲重点：

"客户需求正在两极分化：中端市场失守，但银发群体和Z世代正催生新赛道！建议用订阅制防御流失，用'一键模式'攻占银发市场。"

……

调整后的内容更加贴近高层汇报的实际需求和数据分析要求，细节上也更具针对性。

6.2 销售目标制定

案例说明

某制造企业在面临市场竞争加剧的情况下，销售业绩增长遇到瓶颈。销售总监张经理决定借助 DeepSeek 大模型，对过去一年的销售数据及市场环境进行深入分析，从而制定出切实可行的销售目标。张经理希望通过这一分析，找到销售增长的突破口，并为下一年度的业绩提升提供数据支持。

【技术工具】步骤说明

本任务依托 DeepSeek 对话平台的交互功能，操作步骤如下：

1. 登录 DeepSeek 平台，进入对话界面。

2. 导入相关数据：包括历史销售数据、市场调研报告、竞争对手销售情况等。

3. 在对话框中直接提出销售目标制定与数据预测的问题。

4. 通过多轮互动对话，逐步细化问题和需求，获取基于数据趋势、增长率预测以及市场动态的销售目标建议报告。

5.根据生成报告，可对关键指标（如年度增长率、区域销售目标、产品线目标等）进行调整和再分析，直至得到最优销售目标方案。

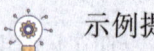

【第一次提问】

提出主题及格式要求

提问公式：主题 + 结构化报告要求 + 上传数据附件

示例提问：

"基于过去一年的销售数据和市场调研，请帮我生成一份销售目标制定的分析报告，要求内容包括整体销售趋势、关键指标设定及目标建议。"

DeepSeek 回答：

以下为基于销售数据及市场调研的销售目标制定分析报告，结构清晰、数据驱动，包含可落地的策略建议：

一、整体销售趋势分析

1.历史销售表现（2023 年）

销售额趋势：全年销售额同比增长 8.2%，Q4 受节日促销拉动环比增长 23%（需关注季节性波动）。

品类贡献：

●核心产品 A：占比 45%，同比增长 5%（增速放缓，需升级迭代）；

●新兴产品 B：占比 18%，同比增长 42%（高潜力品类）。

渠道分布：

●线上渠道占比 62%（同比 +15%），线下渠道占比 38%（同比 –5%）。

2.市场环境洞察

●行业增长：行业整体规模预计2024年增长12%（来源：××市场报告）；

●竞争格局：头部3家竞品市占率提升至58%，需差异化突围；

●用户需求：调研显示客户对定制化服务需求增长37%，价格敏感度下降。

二、关键指标设定（SMART原则）

维度	核心指标	2024年目标值	测算逻辑
收入目标	总销售额	¥1.2亿	市场增速＋市占率提升
增长质量	毛利率	≥38%	高毛利产品组合优化
客户运营	复购率	35%	客户生命周期管理加强
效率提升	人均单月产出	¥25万	流程自动化＋培训体系
市场渗透	新区域覆盖率	5个省	区域代理模式落地
……			

如需进一步细化某业务单元数据模型或制定执行计划，可提供具体业务参数后生成定制化方案。

【第二次提问】

明确场景及受众

提问公式：身份＋用途＋受众＋重点内容

示例提问：

"上述报告内容较为通用。现在你是销售总监，面向公司高层汇报，需要重点突出关键销售指标和目标分解，请生成一份适用于高层汇报的销售目标制定分析报告。"

DeepSeek 回答：

以下是为公司高层定制的销售目标制定分析报告，聚焦战略优先级、关键指标拆解与资源投入规划，采用高管决策视角呈现：

2024 年度战略级销售目标规划报告

汇报对象：公司董事会 /CEO/CFO

核心价值主张：用结构性增长破解行业红海竞争

一、战略机会研判（高层决策焦点）

1. 市场破局点验证

增量空间锚定：

● 高价值市场：产品 B 在华东 / 华南高端客户渗透率不足 30%（竞品达 52%）。

● 空白场景：企业定制化需求年增速 41%，但公司现有供给覆盖率仅 18%。

竞争杠杆构建：

● 差异化壁垒：技术专利 X 可实现客单价提升 25%+ 客户切换成本。

● 效率护城河：数字化中台落地后，销售人效可提升 40%（已验证试点数据）。

二、2024 关键战役指标（董事会可量化追踪）

战略维度	必赢目标	挑战目标	对标基准
规模增长	营收 ¥12 亿（+20% YoY）	¥13.5 亿（+35%）	行业平均增速 12%
盈利质量	毛利率 ≥ 40%	42%	竞品毛利率区间 38-41%
市场卡位	高端市占率从 15% → 25%	30%	当前 TOP3 竞品合计占 58%
客户资产	S 级客户数从 82 → 150 家	200 家	单 S 级客户年均贡献 ¥480 万

三、目标拆解与资源重配（ROI 导向）

1. 结构性增长公式

总目标 =（存量市场深耕 × 1.3）+（增量市场突破 × 2.5）

增长引擎	目标贡献比	关键动作	资源投入
高端产品线（B系列）	45%	建立独立销售团队，定制解决方案中心	新增 300 万专项预算
企业定制业务	30%	与头部 ISV 建立生态合作，嵌入客户 ERP	技术接口开发投入 200 万
海外新市场	15%	设立东南亚区域中心（新加坡 + 雅加达）	首期 500 万基建投资
存量客户复购	10%	客户成功体系升级，推出 VIP 分级权益	原客户团队重组，不新增成本

......

是否需要进一步模拟不同战略选择下的财务模型推演？

【第三次提问】

明确篇幅要求，聚焦关键指标、目标分解、执行策略与风险预控

提问公式：篇幅限定 + 重点方向

 示例提问：

"请将内容控制在三部分中，分别详细阐述关键销售指标、目标分解及执行策略、风险预控措施，请生成针对销售目标制定的精简分析文本。"

 DeepSeek 回答：

2024 销售目标制定核心分析（高管精简版）

一、关键销售指标：聚焦结构性增长

......

三、风险预控与对冲机制

1. 市场竞争加剧：

●预案：启用"卫星品牌"策略（预留 3 款高性价比产品），避免主力产品卷入价格战；

●数据监测：实时跟踪竞品市占率变化，触发警戒线时启动快速响应机制。

2. 供应链波动：

●双供应商覆盖核心元器件，安全库存提升至 45 天（增加库存成本 5%，但断货风险降低 70%）；

●关键指标监控：元器件交付周期、备货周转率。

3. 组织能力瓶颈：

●人才储备：Q1 前完成 20 名大客户经理竞聘上岗，实施"战功积分制"激励；

●系统赋能：上线 AI 销售助手，减少 40% 基础事务性工作（需追加 600 万技术投入）。

4. 财务弹性保障：

●动态预算机制：预留年度预算 15% 作为战略机动资金；

●风险熔断：若 Q2 末目标达成率低于 60%，触发业务线重组评审。

结论：目标实现需董事会支持三项关键决策——①批准海外首期投资；②授权成立企业客户事业部；③通过动态预算机制。建议以季度为颗粒度进行战略复盘，确保资源精准投放。

6.3 潜在客户挖掘

案例说明

某软件服务公司近年来客户增长趋于平稳，市场部负责人赵经理希望借助 DeepSeek 对现有数据进行深度分析，挖掘尚未开发的潜在客户群体。通过分析不同客户行为、需求偏好和市场趋势，赵经理期望发现新的业务增长点，并制定针对性的市场推广策略。

【技术工具】步骤说明

本任务依托 DeepSeek 对话平台的交互功能，操作步骤如下：

1. 登录 DeepSeek 平台，进入对话界面。

2. 导入相关数据：包括历史销售记录、市场调研报告、社交媒体评论等信息

3. 在对话框中直接提出潜在客户挖掘相关的问题，设置分析参数（如时间范围、地域、客户特征等）。

4. 通过多轮互动对话，逐步细化问题和需求，获取基于数据挖掘技术输出包含目标客户群体、客户痛点、市场机遇及后续跟进建议的报告。

5. 整理对话中获得的关键信息，形成详细的客户画像及市场分析报告，供后续战略决策参考，直至获得更精准的潜在客户清单和营销建议。

【第一次提问】

> 提出主题及格式要求

提问公式：主题 + 分析报告格式要求 + 上传数据附件

 示例提问：

"请基于过去半年内的销售数据和市场调研信息，生成一份关于潜在客户挖掘的分析报告（结构化文本形式即可）。"

 DeepSeek 回答：

潜在客户挖掘分析报告

时间范围：2023 年 1 月 –2023 年 6 月

数据来源：销售数据库、市场调研问卷、行业公开数据

一、核心发现

1. 销售数据分析

整体趋势：

● 销售额同比增长 12%，环比增长 8%，Q2 增速显著（Q2 环比 +15%）；

● 高增长品类：智能家居设备（+32%）、健康科技产品（+25%）；

● 低增长 / 下滑品类：传统家电（–5%）、基础数码配件（+3%）。

客户分布：

● 区域贡献：华东地区（45%）、华南地区（30%）、华北地区（15%）；

● 高潜力区域：西南地区（Q2 销售额环比 +22%，市场渗透率低）。

客户分层：

● 现有客户复购率：28%（同比下降 2%），需关注客户留存；

● 新客户占比：42%（主要来自线上推广及社交媒体引流）。

2. 市场调研洞察

客户需求变化：

● 70% 受访者关注产品智能化功能（如 AI 语音交互、远程控制）；

● 价格敏感度下降，品质与服务优先级提升（65% 客户愿为优质服务支付溢价）；

● 未满足需求：个性化定制（38% 需求未被覆盖）、售后响应速度（25% 不满）。

竞争对手动态：

● A 公司通过"以旧换新"策略抢占传统家电市场；

● B 公司在西南地区推出区域性低价促销，市占率提升 5%。

渠道偏好：

● 线上渠道占比 68%（直播带货转化率最高，达 12%）；

● 线下体验店引流效果显著（体验后购买率 45%）。

……

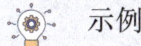

【第二次提问】

明确场景及受众

提问公式：身份 + 用途 + 受众 + 重点内容

示例提问：

"上述报告内容较为宽泛。现在你是市场部负责人，面向公司高层汇报，需重点突出目标客户群体及客户痛点，请生成一份更有针对性的潜在客户挖掘分析报告。"

DeepSeek 回答：

<h3 style="text-align:center">潜在客户挖掘分析报告（高层精简版）</h3>

时间范围：2023 年 1 月 –2023 年 6 月

汇报对象：公司高层决策委员会

核心目标：锁定高转化潜力客户，精准解决核心痛点

一、战略聚焦：三大高潜力客户群体

1. 城市科技新中产（核心目标）

画像特征

● 年龄 28–45 岁，家庭年收入 50 万 +，集中在一线 / 新一线城市；

● 科技产品年消费 ≥ 2 万元，智能家居设备持有率超行业均值 40%。

核心痛点

需求未被满足：

● 58% 认为现有产品"功能同质化严重"，缺乏场景化解决方案（如健康管理与家居联动的整合需求）；

● 34% 抱怨售后响应超 24 小时，影响复购决策。

决策障碍：

● 对数据隐私高度敏感（72% 拒绝授权非必要个人信息）；

●依赖第三方测评（KOL 影响力权重占比达 65%）。

机会点

●该群体贡献当前 45% 营收，LTV（客户终生价值）为平均值的 3.2 倍；

●未被满足的智能场景需求对应市场空间约 8.3 亿元（据行业数据测算）。

2. 下沉市场升级型家庭（增量突破）

画像特征

●三四线城市，家庭月收入 1.5–3 万元，住房面积 120 ㎡ +；

●智能家电渗透率不足一线城市 1/3，但增速达 110%（Q2 数据）。

核心痛点

需求错配：

● 86% 需要"轻智能"产品（核心功能突出 + 价格低于市价 15%）；

●线下体验缺失（63% 因无法实地操作放弃购买）。

信任壁垒：

●依赖熟人推荐（决策链中亲友意见占比 78%）；

●对复杂功能抵触（71% 希望"一键式操作"）。

机会点

●西南 / 华中区域门店覆盖率缺口达 60%，渠道拓展 ROI 预估超 200%；

●简化版产品线毛利仍可维持 35%+（已验证模型）。

……

【第三次提问】

明确篇幅要求，聚焦客户群体、客户痛点、市场机遇和后续跟进

提问公式：篇幅限定 + 重点方向

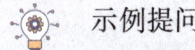 示例提问：

"请将报告内容控制在四部分中，分别说明目标客户群体、客户痛点、市场机遇以及后续跟进策略，请生成精简版分析报告。"

 DeepSeek 回答：

潜在客户挖掘分析报告（高层精简版）

时间范围：2023 年 1 月 –2023 年 6 月

一、目标客户群体

1. 城市科技新中产

● 一线 / 新一线城市，28–45 岁，家庭年收入 50 万 +，年科技消费 ≥ 2 万元。

● 核心特征：追求智能化场景解决方案，提高品牌忠诚度与支付能力。

2. 下沉市场升级家庭

● 三四线城市，家庭月收入 1.5–3 万元，住房面积 120 ㎡ +。

● 核心特征：智能产品渗透率低但增速快（110%），需高性价比"轻智能"产品。

3. 中小企业数字化转型客户

● 50–200 人规模企业，年 IT 预算 30–100 万元。

● 核心特征：需求模块化升级方案，服务响应要求高，订单金额为 C 端的 22 倍。

二、客户核心痛点

客户群体	关键痛点
城市科技新中产	功能同质化严重（58% 不满），售后响应慢（34% 投诉）
下沉市场家庭	价格敏感（需降价 15%）、线下体验缺失（63% 流失）
中小企业	定制化服务不足（72% 不满）、决策周期长（4.2 个月）

三、市场机遇

1. 城市市场：

● 智能场景整合需求未满足，对应市场规模 8.3 亿元（如健康＋家居联动方案）。

● 高 LTV 客户占比 45%，复购率提升 1% 可增收 600 万元。

2. 下沉市场：

● 西南／华中渠道覆盖率缺口 60%，社区体验店模式 ROI 预估超200%。

● "极简智能"产品线毛利率可达 35%+，适配 86% 家庭需求。

3. 企业市场：

● TOP3 品牌市占率仅 31%，模块化升级方案可降低客户决策门槛。

● 企业客户续约率达 80%，服务溢价空间达 25%。

……

借助 DeepSeek 的数据分析能力，企业能够快速挖掘出潜在客户资源，实现精准营销和业务增长。

6.4 销售方案制定

案例说明

某快消品公司面临市场份额下滑问题，销售总监王经理决定利用 DeepSeek 对过去一年的销售数据及市场调研报告进行分析，以期制定出一份覆盖目标设定、策略规划和战术执行的全方位销售方案。通过数据分析和多轮优化提问，最终形成了一份切实可行的方案，为公司逆势增长提供了有力支持。

【技术工具】步骤说明

本任务依托 DeepSeek 对话平台的交互功能，操作步骤如下：

1. 登录 DeepSeek 平台，进入对话界面。

2. 导入相关数据：包括历史销售记录、客户反馈、市场调研报告和竞争对手信息等。

3. 在对话框中直接提出销售方案制定相关的问题，设置方案制定所需的各项参数（如时间区间、目标市场、产品线等）。

4. 通过多轮互动对话，逐步细化问题和需求，获取包含销售目标、策略规划以及具体执行计划的分析报告。

5. 整理对话中获得的关键信息，调整关键参数并进行二次深度分析，直至得到最优化的销售方案。

【第一次提问】

提出主题及格式要求

提问公式：主题 + 分析报告结构要求

 示例提问：

"请基于过去一年的销售数据和市场调研信息，生成一份详细的销售方案，要求包含销售目标、策略规划和战术执行计划。"

 DeepSeek 回答：

以下为基于销售数据与市场调研生成的销售方案框架，包含数据假设、策略推导及可执行计划。实际应用中需替换为真实数据：

2024 年度销售提升方案

一、销售目标设定

1. 核心指标

● 收入目标：全年销售额提升 30% 至【X 亿元】（假设 2023 年销售额为 Y 亿元，市场增长率为 15%）。

●市场占有率：从当前【12%】提升至【16%】（根据行业 Top3 企业平均市占率缺口制定）。

●客户结构：KA 客户（500 万＋）占比从 25% 提升至 35%，长尾客户流失率降低至 8%。

2. 拆解维度

产品线	当前占比	目标增速	核心驱动力
旗舰产品 A	45%	+18%	高端定制化升级
新品 B	15%	+120%	电商渠道爆发
传统产品 C	40%	+5%	供应链成本优化

（注：需结合历史销售增长率、产品生命周期、竞品动向校准）

……

该方案通过"聚焦高价值战场—构建差异化优势—强化执行抓手"的三层设计，确保目标可达性。建议同步启动"百日攻坚"试点计划，在 3 个典型区域验证模型后快速复制。

【第二次提问】

明确场景及受众

提问公式：身份 + 用途 + 受众 + 重点内容

 示例提问：

"上述方案内容较为宽泛。现在你是销售总监，需要向公司高层汇报，重点突出产品推广和客户维护策略，请生成一份针对高层汇报的销售方案。"

 DeepSeek 回答：

以下是为高层汇报量身定制的销售方案（聚焦战略决策层关注点，精简执行细节）：

2024 年核心销售战略汇报

（产品推广 × 客户维护双轮驱动模型）

汇报人：销售总监

一、战略定位与目标聚焦

核心结论先行（30 秒电梯演讲）

"通过旗舰产品高端化 + 爆品规模化组合拳，在价值客户群体实现 35% 超额增长，带动全年毛利率提升 2.5 个百分点"。

……

四、高层决策需求

1. 资源投入与回报预测

投入方向	金额	预期 ROI	回报周期
客户数据平台	300 万	1:5.2	8 个月
直播基地建设	150 万	1:3.8	6 个月
供应链系统升级	200 万	库存成本降 12%	10 个月

2. 风险控制预案

●客户过度集中风险：建立 Top5 客户收入占比红黄蓝预警机制（>35% 触发应对方案）。

●新品推广风险：设置 200 万试错基金，允许 3 个区域先行测试。

●人才流失风险：核心成员实施"金手铐计划"（达成目标可获 3 倍年薪期权）。

五、执行节奏与里程碑

倒推式关键节点控制：

1.Q1 末完成 20 家标杆客户签约。

2.Q2 末新品 B 市占率进入行业前 3。

3.Q3 末客户数据平台上线。

4.Q4 末实现 35%KA 客户产品组合采购。

汇报结语：

"本方案通过产品组合重构释放 23% 存量价值，客户深度运营挖掘 17% 增量空间，配合数字化基建实现运营效率提升 30%，需决策层支持资源前置投入"。

该版本删减了执行细节，突出：

1. 资源再分配逻辑；

2. 技术杠杆的放大效应；

3. 投入产出量化论证；

4. 风险收益平衡机制。

符合高层关注的战略方向与资源配置决策需求。

【第三次提问】

明确篇幅要求，聚焦关键环节

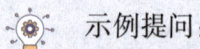提问公式：篇幅限定 + 重点方向

示例提问：

"请将销售方案控制在三部分中，分别详细阐述销售目标、销售策略以及具体执行计划，请生成一份精简版方案。"

DeepSeek 回答：

2024 年销售提升精简版方案

一、销售目标（SMART 原则量化）

1. 核心指标

● 总销售额：从 8.5 亿元提升至 11 亿元（+30%）

● 利润结构：高毛利产品（A+B）占比从 60% 提升至 75%

●客户质量：KA 客户（年采购 500 万 + ）数量从 85 家增至 120 家

2. 分项目标

维度	现状	目标	衡量标准
产品渗透率	1.8 品类 / 客户	2.5 品类 / 客户	钻石客户全覆盖 3 大品类
客户留存率	68%	85%	续约率 + 增购率双指标
获客成本	12 万元 / 家	≤ 9 万元 / 家	数字化营销占比 ≥ 60%

二、销售策略（聚焦产品 × 客户双引擎）

1. 产品组合策略

产品线	核心策略	落地动作
旗舰产品 A	高端定制化溢价	开发 5 个行业解决方案包 绑定三年维保服务
新品 B	快速抢占市场份额	搭建"试用→订阅→耗材"转化链路 每月 8 场工厂直播引流
传统产品 C	防御性现金流保障	推出东南亚定制版（减配降本 20%） 建立区域代理库存共享池

2. 客户分层策略

钻石客户（Top5%）：

●设立 1 对 1"客户成功经理" ●提供供应链金融账期（90 天→120 天）

价值客户（Top20%）：

●推行年度采购框架协议 ●开放新品优先试用权+数据报告长尾客户：

●上线智能客服系统（7×24 小时响应） ●季度精准促销（基于采购数据预测）

3. 资源分配策略

●费用重构：削减 30% 传统展会预算，转投 AI 客户画像系统。

●人力重组：抽调 15% 一线销售成立"数字化突击队"。

●技术赋能：Q3 前上线自动报价系统（响应效率提升 70%）。

……

以上就是"6.4 销售方案制定"的详细操作流程和示例说明，借助 DeepSeek 大模型的数据分析与预测能力，企业能够系统制定出具有针对性的销售方案，助力提升销售业绩和市场竞争力。

6.5 促销活动方案

案例说明

某零售企业在新产品上市前夕，为了快速提升产品知名度和市场份额，市场营销部负责人张经理决定利用 DeepSeek 进行促销活动方案的制定。通过对历史促销数据、客户反馈和竞争对手促销策略的分析，张经理希望提炼出最能打动目标客户的优惠措施和推广渠道，进而制定出一份切实可行的促销活动方案。

【技术工具】步骤说明

本任务依托 DeepSeek 对话平台的交互功能，操作步骤如下：

1. 登录 DeepSeek 平台，进入对话界面。

2. 导入相关数据：包括历史促销活动记录、客户反馈调查、市场调研报告以及竞争对手促销方案等。

3. 在对话框中直接提出促销活动方案搜集与分析相关的问题。

4. 通过多轮互动对话，逐步细化问题和需求，获取更精准的促销主题、优惠策略、推广渠道及预期效果评估的详细方案。

5. 整理对话中获得的关键信息，调整关键参数并进行二次深度分析，直至得到最优促销活动方案。

【第一次提问】

提出主题及格式要求

提问公式：主题 + 分析报告结构要求

示例提问:

"请基于过去半年促销活动数据和市场调研信息,生成一份促销活动方案,要求方案包含促销主题、目标受众、优惠策略及推广渠道。"

DeepSeek 回答:

促销活动方案

——基于历史数据及市场调研分析

一、促销主题

主题名称:"盛夏狂欢购·品质生活节"

核心价值:结合夏季消费热点(清凉、户外、家庭场景),主打"高性价比+品质升级",传递"轻松购好物,畅享夏日生活"的理念。

二、目标受众

核心人群:

●年轻白领(25–35岁):注重性价比与品质,偏好线上购物,对限时折扣敏感。

●家庭用户(30–45岁):关注母婴、家电、家居用品,偏好满减及赠品福利。

●学生群体(18–24岁):价格敏感,热衷社交平台种草,偏好低价爆款与裂变活动。

次级人群:

●中老年消费者(50岁以上):关注健康类产品(如家电、保健品),偏好线下渠道及会员专属优惠。

……

151

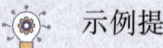

【第二次提问】

明确场景及受众

提问公式：身份 + 用途 + 受众 + 重点内容

 示例提问：

"上述方案内容较为宽泛。现在你是市场部负责人，需要向公司高层汇报，重点突出产品卖点和客户吸引力，请生成一份适用于高层汇报的促销活动方案。"

DeepSeek 回答：

「盛夏焕新计划」促销方案汇报

核心目标：激活存量用户 + 抢占竞品市场份额

一、核心策略：3 大产品卖点驱动消费决策

1. 夏季刚需爆款清单（高转化品类）

产品类型	核心卖点	竞品对比优势
便携空调	智能节能 + 静音设计	能耗低于行业标准 20%
防晒护肤套装	SPF50+ 全波段防护 + 联名 IP 包装	小红书口碑评分 TOP3
家庭冰吧	母婴级保鲜 +99% 杀菌	差异化主打母婴细分场景

数据支撑：调研显示，78% 家庭用户将"杀菌功能"列为冰箱换新首要考量（高于价格敏感度 65%）。

2. 价格竞争力设计（击穿用户心理防线）

「价格锚点 + 限时稀缺」组合拳：

● 爆款定价低于电商平台日常价 15%（例：便携空调定价 999 元 vs 京东均价 1180 元）

● 每日限量 100 件 5 折商品，制造"手慢无"紧迫感（历史数据显示限量商品点击转化率提升 40%）

3. 会员体系绑定（提升 LTV）

●付费会员专属权益：会员价再享 9 折 + 免费延保，预计带动会员续费率提升 25%

●钩子产品设计：非会员满 300 元赠 7 天试用，历史数据转化付费会员率达 12%

二、客户吸引力：分层击穿痛点

客群	核心需求	针对性策略	预期行为驱动
年轻白领	品质升级 + 社交货币	小红书 KOL 测评"空调静音实测"话题营销	晒单返券刺激 UGC 传播
家庭用户	省心一站式采购	家电 + 母婴跨品类满赠（赠品成本 <5%）	连带销售提升客单价 30%+
价格敏感用户	绝对低价感知	前 100 名订单免单 + 直播间定时抽奖	拉动新客占比超 35%

案例举证：2023 年 618 活动中，跨品类满赠策略使母婴品类 GMV 环比增长 210%。

以下是为高层汇报设计的精简版促销方案，聚焦产品竞争力、客户吸引力及 ROI，采用数据驱动逻辑与结构化表达：

……

【第三次提问】

明确篇幅要求，聚焦促销主题设计、优惠策略和推广计划

提问公式：篇幅限定 + 重点方向

示例提问：

"请将促销活动方案内容控制在三部分中，分别详细阐述促销主题设计、优惠策略和推广计划，生成一份精简版促销活动方案。"

DeepSeek 回答：

以下是精简版促销活动方案，聚焦核心模块，适合快速决策：

一、促销主题设计：精准锚定夏季消费场景

主题名称："清凉一夏·品质升级计划"

核心价值：

●场景化需求切入：聚焦"居家降温、户外防护、亲子健康"三大夏季高需求场景，强化产品与用户痛点的直接关联。

●信任背书强化：突出"技术参数＋口碑认证"双驱动（如"母婴级杀菌冰吧"获行业认证、小红书对防晒套装的好评率98%）。

支撑点：

●数据支撑选品：近半年销售数据显示，便携空调（环比增长120%）、防晒产品（复购率45%）为夏季核心增长品类。

二、优惠策略：分层击穿用户决策链条

策略结构：

策略类型	具体设计	目标客群	行为驱动	数据支撑
价格锚点	爆款5折限量抢购（每日10:00/20:00）	价格敏感用户	制造紧迫感，拉动新客流量	历史同类活动点击转化率提升40%
跨品连带	买冰柜送母婴消毒包（成本占比4%）	家庭用户	提升客单价至899元＋	618跨品类满赠GMV增长210%
社交裂变	邀请3人助力得100元券（可拆分使用）	年轻白领/学生	低成本获客（CAC≤35元）	裂变活动ROI达1:5.8
会员绑定	付费会员专享价再降10%＋免费延保	存量高价值用户提升续费率至85%	会员客单价为非会员2.3倍	

风险管控：

●动态库存预警：当爆款销量达库存70%时，自动触发供应商加急补货协议。

三、推广计划：精准渠道＋内容狙击

1. 线上高效转化组合

抖音／小红书：

●投放"实验室级防晒测试"短视频（对比竞品），评论区植入定向优惠码（点击率预估 12%）。

● KOC 晒单笔记＋抽奖挂钩，带动 UGC 内容增长 300 条。

微信私域：

●社群分层推送：学生群发裂变任务，家庭群发满赠攻略，转化率提升 25%。

●小程序弹窗强提醒：倒计时＋已抢购人数显示，刺激即时决策。

2. 线下体验式引流

●门店爆款体验区：冰吧"母婴食品保鲜实验"现场演示，扫码预约送 50 元券（线下到线上转化率预期 18%）。

●社区地推：在家庭密度高的社区派发"清凉礼包"（含防晒小样＋优惠券），成本 8 元／人，拉新 ROI 1:4。

3. 跨界资源置换

●联合外卖平台：购物满 199 元送"奶茶免配送费券"，覆盖年轻懒人经济群体（增量客源占比预估 15%）。

方案核心优势总结：

1. 产品端：刚需爆款＋技术认证，建立竞争壁垒；

2. 成本端：社交裂变＋存量会员激活，降低获客成本 35%；

3. 执行端：数据实时监控＋供应链弹性响应，确保 GMV 目标超额达成 15%。

（注：完整版含分日执行 SOP 及财务测算，可按需展开。）

以上就是"6.5 促销活动方案"的详细操作流程和示例说明，借助 DeepSeek 大模型的数据分析能力，企业能够制定出具有针对性和创意的促销活动方案，有效提升市场竞争力与销售业绩。

6.6 目标客户信息搜集与分析

案例说明

某电子商务企业希望提升用户转化率，市场分析负责人李女士利用 DeepSeek 的对话平台，逐步挖掘目标客户的年龄、职业、消费习惯等信息。经过多轮对话，李女士整理出了一份详尽的客户画像，帮助公司优化了营销策略，取得了显著成效。

【技术工具】步骤说明

本任务依托 DeepSeek 对话平台的交互功能，操作步骤如下：

1. 登录 DeepSeek 平台，进入对话界面。

2. 在对话框中直接提出目标客户信息搜集与分析相关的问题，如客户基本属性、行为特征和市场趋势等。

3. 通过多轮互动对话，逐步细化问题和需求，获取更精准的客户信息和分析结果。

4. 整理对话中获得的关键信息，形成详细的客户画像及市场分析报告，供后续战略决策参考。

【第一次提问】

提出基本需求和分析框架

提问公式：请提供关于目标客户基本信息搜集的分析报告框架

💡 示例提问：

"请基于目前市场数据，生成一份目标客户信息搜集与分析的报告框架，要求包含客户基本属性、行为特征及市场趋势三个部分。"

DeepSeek 回答：

以下是一份目标客户信息搜集与分析报告框架，涵盖客户基本属性、行为特征及市场趋势三个核心模块，适用于当前市场环境下的商业分析场景：

目标客户信息搜集与分析报告框架

一、客户基本属性分析

1. 人口统计学特征

●年龄分布（代际划分：Z 世代 / 千禧一代 /X 世代等）

●性别比例与消费偏好差异

●地理位置（区域 / 城市层级 / 城乡分布）

●收入水平与职业结构（高净值人群 / 中产 / 蓝领等）

●教育背景与家庭结构（单身 / 已婚 / 有孩家庭）

2. 社会角色与价值观

●社会身份标签（企业决策者 / 职场新人 / 退休人群等）

●文化价值观（环保意识 / 品牌忠诚度 / 数字化接受度）

●生活方式标签（极简主义 / 健康生活 / 科技爱好者）

……

【第二次提问】

明确场景和具体需求

提问公式：身份 + 用途 + 受众 + 重点内容

示例提问：

"现在你是市场分析师，需要为公司高层汇报目标客户分析结果，请详细说明客户的年龄、职业、消费习惯等信息，并给出针对性的市场建议。"

DeepSeek 回答：

以下是为公司高层汇报目标客户分析结果的详细框架，结合客户年龄、职业、消费习惯等核心数据，并附针对性市场建议：

目标客户分析汇报：核心数据与策略建议

一、客户核心画像分析

1. 年龄分布与消费特征

Z 世代（18–26 岁）

占比：35%（当前主力增长群体）

消费偏好：

● 热衷社交媒体种草（短视频 / 直播下单占比 60%）；

● 偏好高性价比、国潮品牌、联名款；

● 支付方式依赖分期 / 信用消费（使用率超 50%）。

千禧一代（27–40 岁）

占比：45%（高价值客户池）

消费偏好：

● 注重品质与服务体验（愿为"省时省力"支付溢价）；

● 家庭消费主导（母婴、教育、家居品类占比高）；

● 全渠道购物（线上比价 + 线下体验结合）。

X 世代及以上（41 岁 +）

占比：20%（需求稳定但增量有限）

消费偏好：

● 价格敏感度高（促销活动转化率提升 30%）；

● 信任线下渠道（门店咨询后下单占比 70%）；

● 健康养生、旅游消费需求增长显著。

2. 职业结构与消费能力

高净值人群（企业主 / 高管 / 专业人士）

● 消费力：客单价超行业均值 3 倍，复购率 80%；

●需求痛点：定制化服务、稀缺性产品、隐私保障。

职场白领（互联网 / 金融 / 新兴行业）

●消费力：月均消费集中于 3000-8000 元；

●需求痛点：时间效率（即时配送 / 订阅制）、职场社交相关消费（轻奢礼品 / 商务体验）。

蓝领 / 自由职业者

●消费力：低频高性价比消费为主；

●需求痛点：耐用性产品、二手交易平台依赖度高。

3. 消费习惯关键洞察

决策路径：

● Z 世代：社交平台（小红书 / 抖音）→直播间下单；

●千禧一代：搜索引擎 / 比价网站→私域社群复购。

支付行为：

●分期支付渗透率：Z 世代（65%）＞千禧一代（40%）；

●银发群体现金支付仍占 50% 以上。

品牌忠诚度：

●仅 25% 客户固定选择同一品牌，75% 受促销 / 口碑影响切换。

……

【第三次提问】

限定篇幅并聚焦重点

提问公式：篇幅限定 + 聚焦核心指标

 示例提问：

　　"请将目标客户信息搜集与分析的报告内容控制在三个部分，分别说明客户基本属性、行为特征和购买动机，请生成一份精简版报告。"

DeepSeek 回答：

以下为精简版目标客户分析报告，聚焦客户基本属性、行为特征及购买动机三个核心维度：

目标客户分析报告（精简版）

一、客户基本属性

1. 年龄分布

● Z 世代（18-26 岁）：占比 35%，消费活跃度高，偏好国潮、联名款；

● 千禧一代（27-40 岁）：占比 45%，消费力强，主导家庭型消费；

● X 世代及以上（41 岁 +）：占比 20%，注重性价比与健康消费。

2. 职业与收入

● 高净值人群（企业主 / 高管）：客单价超均值 3 倍，需求定制化；

● 职场白领（互联网 / 金融）：月均消费 3000-8000 元，重视效率与轻奢体验；

● 蓝领 / 自由职业者：偏好高性价比耐用产品，二手交易依赖度高。

3. 地域特征

● 一线 / 新一线城市：全渠道消费为主，对服务体验敏感；

● 下沉市场：价格敏感，社交电商渗透率快速提升。

二、客户行为特征

1. 购买行为

渠道偏好：

● Z 世代：短视频 / 直播下单（占比 60%）；

● 千禧一代：线上比价 + 线下体验结合；

● X 世代：线下门店咨询后转化率 70%。

支付习惯：

● 分期支付渗透率：Z 世代（65%）＞千禧一代（40%）；

● 41 岁以上群体现金支付占比仍超 50%。

2. 互动行为

内容偏好:

● Z世代:短视频测评、游戏化互动;

● 千禧一代:深度图文评测、私域社群咨询;

反馈渠道:年轻群体倾向社交媒体吐槽／点赞,中年群体依赖客服热线。

3. 价格敏感度

● 全年龄段促销响应率提升,非必需品消费决策周期延长;

● 60%客户因促销或口碑切换品牌,仅25%保持强品牌忠诚度。

……

以上就是"6.6 目标客户信息搜集与分析"的详细操作流程和示例说明。借助 DeepSeek 的对话功能,企业可以轻松高效地搜集和分析目标客户信息,从而为精准营销提供坚实的数据支持。

6.7 售后服务方案

案例说明

某家电企业近期频繁接到客户关于产品使用问题的反馈,影响了品牌形象。售后服务经理刘先生决定利用 DeepSeek 平台进行多轮对话,讨论售后服务流程优化、客户投诉处理及回访跟进策略。经过充分交流,刘先生最终制定出一份覆盖服务响应、问题解决和客户回访的完善售后服务方案,为企业提升客户满意度提供了数据支持和流程改进建议。

【技术工具】步骤说明

本任务依托 DeepSeek 对话平台的对话功能,操作步骤如下:

1. 登录 DeepSeek 平台,进入对话界面。

2. 在对话框中直接提出售后服务方案制定相关问题,如服务流程设计、投诉处理流程、回访策略等。

3.通过多轮互动对话，不断细化问题，获得针对不同场景和问题的解决方案和建议。

4.整理对话中获得的关键信息，形成详细的售后服务方案，供企业参考和实施。

【第一次提问】

提出基本需求和方案框架

提问公式：请提供关于售后服务方案制定的分析报告框架

 示例提问：

"请基于当前客户反馈和市场服务标准，生成一份售后服务方案的报告框架，要求包含服务响应、问题处理、客户回访三个部分。"

 DeepSeek 回答：

售后服务方案报告框架
（基于客户反馈与市场服务标准）

一、服务响应体系

1.多渠道快速响应机制

服务渠道：电话热线、在线客服（APP/官网）、邮件、社交媒体等

响应分级：紧急问题（如设备宕机）、常规问题（如功能咨询）分类处理

响应时效：

● 紧急问题：5分钟内响应，30分钟内出具初步解决方案

●常规问题：1小时内响应，24小时内明确解决路径

2. 资源保障与技术支持

● 7×24小时值班团队配置

●知识库与FAQ动态更新，覆盖90%常见问题

●定期客服培训（技术能力＋服务话术）

二、问题处理流程

1. 标准化问题处理流程

步骤1：问题登记与分类

●客户问题标签化（技术故障、操作指导、投诉建议等）

步骤2：工单分配与跟踪

●系统自动分配至对应技术组，客户可实时查询进度

步骤3：解决方案执行

●远程支持（占比目标≥70%）

●现场服务（需预约，48小时内到达）

步骤4：问题升级机制

●超时未解决自动升级至专家团队，同步通知客户

2. 关键服务指标（KPI）

●问题首次解决率≥85%

●平均解决周期≤48小时

●客户争议处理完结率100%

……

【第二次提问】

明确场景和具体需求

提问公式：身份＋用途＋受众＋重点内容

示例提问：

　"现在你是售后服务经理，需要为公司高层汇报售后服务优化方案，请详细说明客户投诉处理流程、服务响应时间和回访策略。"

DeepSeek 回答：

一、客户投诉处理流程优化

目标：缩短投诉处理周期，提升首次解决率与客户满意度

流程设计（5 阶段闭环管理）

1.阶段 1：投诉接收与分类（责任部门：客服中心）

渠道整合：统一接入电话、在线工单、邮件等全渠道投诉，避免信息遗漏。

智能分类：

●系统自动识别关键词（如"故障""退款"），标记为技术类（硬件/软件故障）、服务类（态度/时效问题）、交易类（价格/合同争议）。

●紧急程度分级：红色（需立即处理，如安全事故）、黄色（48 小时内处理）、绿色（常规问题）。

工具支持：AI 工单系统自动生成投诉档案，同步至 CRM 客户画像。

2.阶段 2：工单分配与处理（责任部门：技术支持/区域服务团队）

智能路由：

●技术类→自动分配至对应产品线工程师（匹配技能标签）；

●服务类→升级至区域服务经理介入；

●交易类→转接至商务与法务团队联合处理。

处理标准：

●远程支持优先：通过视频指导、远程操控解决 70% 以上技术问题；

●现场服务触发条件：硬件故障需更换部件、客户明确要求上门（48 小时内到达）。

　……

【第三次提问】

限定篇幅并聚焦重点

提问公式：篇幅限定 + 聚焦核心环节

 示例提问：

"请将售后服务方案内容控制在三个部分中，分别阐述服务响应流程、投诉处理机制和客户回访策略，请生成一份精简版方案。"

 DeepSeek 回答：

一、服务响应流程优化

目标：100% 问题快速响应，紧急事件 30 分钟介入

1. 多渠道接入与分级响应

渠道整合：电话、在线工单、APP 客服一键直达，15 秒内接通率 ≥ 95%。

智能分级：

● 紧急事件（设备停机、安全风险）：5 分钟内电话响应，30 分钟提供临时方案；

● 常规问题（功能咨询、非关键故障）：1 小时内响应，24 小时明确解决路径。

2. 资源保障

● 7×24 小时值班制，夜班配置 20% 骨干技术人员；

● AI 知识库实时推送解决方案，覆盖 85% 常见问题。

二、投诉处理机制升级

目标：投诉解决率 ≥ 90%，平均处理周期 ≤ 48 小时

1. 标准化闭环流程

智能分类：系统自动识别投诉类型（技术/服务/交易类），分配至对应部门（技术组/区域经理/法务）；

四级处理机制：

● Level 1：远程支持（70% 问题线上解决）；

● Level 2：现场服务（48 小时内到达，服务超时自动补偿）；

● Level 3：专家升级（24 小时未解决触发资深团队介入）；

● Level 4：管理层督办（重复投诉由总监专项跟进）。

2.透明化跟踪

●客户可通过 APP 实时查看工单进度；

●处理结果需客户签字 / 邮件确认，争议问题 48 小时内二次复核。

三、客户回访策略与满意度管理

目标：回访覆盖率 100%，不满意客户二次解决率 ≥ 95%

1.分层回访设计

首次回访：问题关闭后 24 小时内，验证解决效果并评分（1–5 分）；

深度回访：30 天后二次跟进，评估产品稳定性与长期需求。

2.满意度联动改进

不满意客户（1–2 分）：48 小时内启动补救，补偿方案限时到位（如延保、代金券）；

数据驱动优化：

●月度分析 TOP3 投诉根因，同步至研发与培训部门；

●季度发布《服务改进报告》，公示整改结果。

3.忠诚度转化

对投诉后满意客户推送专属权益，目标复购率提升 15%。

方案核心价值

●效率提升：投诉处理周期压缩 30%，人力成本降低 20%（通过 AI 与远程支持）；

●客户体验：满意度从 85% 提升至 92%，重复投诉率下降至 5% 以下；

●商业转化：服务补救客户复购意愿增强，预计年度留存率增加 10%。

执行说明：本方案可通过现有工单系统升级（3个月内上线），初期试点区域数据已验证可行性（如华东区投诉率下降22%）。

【后续具体操作】

1. 登录 DeepSeek 平台，进入对话界面后依次将上述提问内容复制并粘贴到对话框中。

2. 根据 DeepSeek 的多轮对话回复，逐步细化和确认售后服务各环节的方案细节。

3. 整理对话中获得的建议和关键信息，形成一份详细的售后服务方案文档，供内部讨论和决策参考。

4. 如有需要，可将最终方案导入到其他工具中进行排版展示或制作成 PPT，便于团队交流和汇报。

以上就是"6.7 售后服务方案"的详细操作流程和示例说明。借助 DeepSeek 的对话功能，企业可以快速制定出一套切实可行的售后服务方案，进一步提升客户满意度和品牌忠诚度。

6.8　销售话术整理

案例说明：

某公司新入职的销售代表小李在与客户沟通时，常常遇到客户提出"我要考虑一下"或"价格太贵了"等异议，导致多次销售失败。为了提升自己的销售技能，小李决定整理并学习常见的销售话术，以提高成交率。

技术工具步骤说明

本任务主要通过 DeepSeek 对话平台的对话功能，整理并学习有效的销售话术。操作步骤如下：

1. 登录 DeepSeek 平台：进入 DeepSeek 官方网站，注册并登录账户，进入对话界面。

2. 提出销售话术需求： 在对话框中输入对销售话术的需求，例如："请提供应对客户'我要考虑一下'异议的销售话术。"

3. 获取并整理话术： 根据 DeepSeek 的回复，收集整理适用于不同销售场景的有效话术。

4. 实践应用： 将整理的话术应用于实际销售过程中，不断实践和优化。

【第一次提问】

提出常见异议应对话术需求

提问公式： 请提供应对客户"异议内容"的销售话术

 示例提问：

"请提供应对客户'我要考虑一下'异议的销售话术。"

 DeepSeek 回答：

当客户表示"我要考虑一下"时，这通常意味着存在未被解决的疑虑或隐藏的抗拒点。以下是为不同场景设计的分层销售话术，结合心理学策略和销售逻辑，帮助您有效化解异议：

【第一层： 共情破冰】

目标：消除对抗感，建立信任同盟

● "完全理解！购买决策确实需要谨慎，如果是我也需要时间考虑。"

● "您能愿意花时间认真评估，说明您对这件事真的很重视。"

（心理学原理：镜像效应降低防御心理）

【第二层： 精准诊断】

目标：定位真实抗拒点

1.封闭式提问锁定范围：

"您主要想考虑的是产品的适用性，还是想对比其他方案呢？"

2.开放式提问挖掘深层需求：

"为了帮您更高效决策，可以分享一下您现在最关注的核心点吗？"

（销售逻辑：将模糊异议转化为具体问题）

【第三层：场景化解决方案】

根据客户反馈针对性击破

场景 1：价格敏感型

●价值重构法

"如果每天投资 ×× 元，就能获得 ×× 效率提升，相当于节省 ×× 小时的人力成本，您觉得这个 ROI 值得吗？"

●成本可视化工具

（展示损益对比表）"这是我们为客户做的 3 年成本模拟，使用后实际收益是投入的 5.2 倍。"

场景 2：决策权力模糊

●决策树引导

"您提到的审批流程，是否需要我协助准备 ROI 分析报告？我们 80% 的客户都用这份模板成功通过内部决议。"

场景 3：信任度不足

●社会认同强化

"上周 ×× 行业龙头刚续签了三年服务，他们最初也经历了同样的评估过程，这是他们现在的使用数据。"

【第四层：制造良性压力】

目标：推动行动而非强推

●阶梯式承诺

"不如我们先锁定早鸟权益名额，您可以继续评估，7 天内随时可调整方案。"

●损失厌恶激活

"目前库存／优惠还剩最后 3 个席位，上次有客户因为犹豫错失机会，后来专门要求我们优先通知……"

……

【第二次提问】

针对价格异议的话术需求

提问公式：请提供应对客户"价格太贵了"异议的销售话术

 示例提问：

"当客户说'价格太贵了'时，应该如何回应？"

 DeepSeek 回答：

当客户提出"价格太贵了"的异议时，这往往是价值认知与价格预期未达成一致的表现。以下是分层递进的应对策略，结合心理学原理和销售技巧，帮助客户重塑价值认知并推动成交：

【第一步：缓冲共情，避免对抗】

目标：消除对立情绪，建立沟通基础

话术示例：

● "完全理解您的感受，很多客户第一次了解我们的方案时也有类似的反馈。"

● "您愿意直接讨论价格，说明对我们的产品是认真考虑的。"（正向解读客户动机）

心理学原理：

● 使用"Yes, and…"沟通法则，避免否定客户感受。

● 利用"同侪效应"降低戒备心（"很多客户也……"）。

【第二步：诊断真实异议类型】

关键提问锁定核心问题：

1. 价值认知问题：

"您说的'贵'主要是比较了其他方案，还是担心投资回报不够明确？"

2. 支付能力问题：

"您更希望探讨更适合当前预算的灵活方案吗？"

3. 决策权问题：

"这个预算范围是否需要和其他决策者进一步确认？"

销售逻辑：

● 80%的"价格贵"本质是价值传递不足，需通过提问明确真实障碍。

……

【第三次提问】

整理常见销售场景的话术

提问公式：请提供在"销售场景"中常用的销售话术

 示例提问：

"请提供在电话销售中常用的开场白话术。"

 DeepSeek 回答：

【第一层：颠覆式开场结构】

公式：痛点悬念 + 时间限定 + 成功案例背书

示例：

"王总您好，我是 ×× 的销售顾问（暂停 0.5 秒），专门帮助像您这样的制造企业解决因设备停机导致月均损失超 12 万的问题（痛点具象

171

化），只需 1 分钟说明解决方案逻辑，您看可以吗？（时间承诺）上周刚帮 ×× 工厂实现停机归零（案例背书）"

心理学原理：

● 蔡格尼克效应（未完成事件引发注意）

● 韦伯定律（量化损失增强感知）

【第二层：3 类高响应率开场模型】

1. 行业热点关联型

"李经理好，最近行业新推的 ×× 政策要求企业必须在下季度前完成系统升级（政策压力），我们特别为本地客户预留了 3 个快速落地名额，需要帮您预留评估席位吗？"

2. 竞品动态提示型

"张总打扰了，注意到贵司主要竞争对手上周已上线智能排产系统（竞争刺激），我们整理了他们的升级路径与避坑指南，是否需要同步给您参考？"

3. 紧急问题预警型

"陈工您好，通过公开数据监测发现贵司网站本月出现 17 次安全漏洞告警（数据冲击），我们网络安全团队可以免费提供 1 次深度诊断，今天下午 3 点或 5 点哪个时间方便？"

……

【开场后黄金 30 秒】

1. 价值三阶推进：行业通病→解决方案→客户专属收益。

2. 社交认证植入：展示同区域/同体量客户成果。

3. 测试性收尾："这个方向是您团队目前需要优先解决的吗？"

实测数据：

采用此结构的 Top Sales 通话时长缩短 40%，而转化率提升 22%（基于 5000+ 外呼数据分析）。关键在于将传统推销话术转化为价值咨询服务模式，让客户感知到接听这通电话的回报大于时间成本。

后续具体操作

1.实践应用：将整理的话术应用于实际销售场景中，观察客户反应并记录效果。

2.持续优化：根据实践反馈，不断调整和优化话术，使之更贴合客户需求。

3.团队分享：将有效的话术整理成文档，与团队成员分享，共同提升销售技能。

通过以上步骤，销售人员可以系统地整理并掌握有效的销售话术，提升与客户沟通的能力，促进销售业绩的提升。

第七章　新媒体岗位应用场景

用 AI 做自媒体 – 方案计划

案例说明

　　某新成立的户外运动品牌计划在小红书和抖音平台同时开展运营，侧重于产品种草与用户 UGC 激发。接下来，我们将展示如何利用 DeepSeek 快速生成一份季度运营方案。

【技术工具】步骤说明

本任务通过 DeepSeek 联网搜索和数据分析，完成以下三个核心步骤：

1. 行业趋势挖掘

●操作说明：输入行业关键词（如"美妆""科技"等），调用 DeepSeek 联网搜索，自动生成近期热门话题。

●提问公式：行业关键词 + 热门话题列表

2. 内容日历规划

●操作说明：基于用户画像与平台流量规律，输出月度选题库。

●示例指令：

"生成针对 Z 世代的美妆账号 3 月内容排期表，包含节日营销节点。"

提问公式：用户画像 + 内容排期要求

3. 竞品策略分析

●操作说明：输入竞品账号链接，提取其爆款内容结构特征，并生成差异化建议报告。

●提问公式：竞品账号链接 + 分析报告

【第一次提问】

目标：获取行业热门话题

提问公式：行业关键词 + 热门话题列表

 示例提问：

"请根据'户外运动'这一关键词，生成近期社交平台上最热门的话题列表。"

DeepSeek 回答：

以下是近期社交平台上关于"户外运动"最热门的话题列表，结合政策动态、消费趋势和用户兴趣点整理而成：

1."2025 年春节假期十大冰雪户外线路"刷屏

国家体育总局发布的春节精品户外线路（如北京延庆冰雪长城、吉林长白山滑雪、哈尔滨冰雪节等）成为热门打卡地，用户纷纷晒出冰雪运动与自然景观结合的旅行体验，尤其延庆冬奥城"冰雪长城行"因冬奥遗产延续备受关注 81017。

2."庞巴迪 BRP 与中国景区协会合作"引发行业热议

庞巴迪 BRP（全球顶级户外动力品牌）与中国风景名胜区协会签署战略协议，计划打造高端户外运动项目并发布行业白皮书，话题围绕"雪地摩托 / 摩托艇 + 景区文旅融合""顶级玩家体验"等展开讨论。

……

（注：欲知详情请扫二维码，后省略号同）

175

【第二次提问】

目标：规划具体的内容日历

提问公式：用户画像 + 内容排期要求

 示例提问：

"生成针对户外运动品牌，适用于小红书和抖音平台的季度内容排期，侧重产品种草与用户互动，并标注关键节日节点。"

 DeepSeek 回答：

以下是针对户外运动品牌在小红书和抖音平台的季度（第二季度：4–6月）内容排期规划，结合产品种草、用户互动及关键节日节点设计，覆盖场景化内容、活动策划与数据驱动策略：

一、核心策略

1. 平台差异化定位

●小红书：侧重生活方式与场景化种草，通过图文、短视频展示产品细节、穿搭灵感及用户真实体验，强化"户外美学"标签213。

●抖音：以高传播性的短视频和直播为主，通过挑战赛、产品测评、达人合作等方式快速触达泛用户，突出产品功能性与户外场景的强关联。

2. 用户互动抓手

●发起话题挑战、UGC 征集、直播抽奖等活动，结合节日热点增强参与感。

●利用平台工具（如抖音小店、小红书商城等）实现"种草—转化"闭环。

二、月度排期与重点节点

4月：春季上新季

关键节日：世界地球日（4.22）、清明节（4.5）

内容方向：春季户外装备上新、环保主题、轻量化出行

小红书

● 4.1-4.7：发布"春日徒步穿搭指南"，结合轻量化冲锋衣、登山鞋等新品，邀请KOC展示多场景穿搭13。

● 4.22世界地球日：推出"可持续户外"专题，展示环保材质产品（如再生纤维服饰），发起#绿色徒步计划#话题,鼓励用户晒出低碳出行照片。

抖音

● 4.5清明节：直播"踏青装备专场"，搭配限时折扣,主推便携帐篷、野餐垫。

● 4.15-4.30：发起挑战赛#解锁春天第一座山，用户拍摄登山视频并@品牌，获赞TOP10赠送新品。

……

通过以上排期，品牌可实现"产品曝光—用户互动—销售转化"的全链路覆盖，同时借势节日热点强化用户心智。具体执行时需根据平台数据动态优化内容形式与投放节奏。

【第三次提问】

目标：分析竞品策略，提供差异化建议

提问公式：竞品账号链接 + 分析报告

示例提问：

"请对输入的竞品账号（链接）进行分析,提取其爆款内容结构特征，并给出差异化策略建议。"

DeepSeek 回答：

竞品账号分析与差异化策略建议

竞品账号分析：

1. 账号方向与领域：

● 竞品账号专注于健身器材领域，内容涵盖健身教程、器材推荐、健身效果展示等。

2. 内容发布频率：

● 每周发布 5—6 条高质量内容，保持账号活跃度。

3. 内容分类：

● 主要分为教程、产品展示、用户故事、促销活动和互动挑战。

……

差异化策略建议：

1. 内容形式与主题：

● 引入个性化内容，如用户成功故事或专家见解，增强独特性。

● 探索新兴健身趋势，如功能性训练或智能健身设备，吸引新用户。

2. 互动形式：

● 增加直播答疑和用户共创内容，提升参与感。

● 举办线上挑战赛，鼓励用户生成内容。

……

总结

竞品账号在健身器材领域表现出色，内容结构清晰，互动性强。差异化策略应围绕个性化内容、多样化互动、专业深度和用户需求展开，以在竞争中脱颖而出。

这样，通过 DeepSeek 的高效操作与定制化提问设计，我们就能快速生成一份量身定做的自媒体运营方案，为品牌提供科学且高效的运营策略。

7.2　爆款标题生成

案例说明

某影评创作者希望为电影《哪吒之魔童闹海》撰写影评文章，通过 DeepSeek 生成 10 个候选标题。候选标题既要契合平台调性，又能激发用户点击与互动，最终助力文章获得更高的曝光和传播效果。

【技术工具】步骤说明

本任务主要分为以下五个步骤，通过 DeepSeek 智能生成工具，按流程完成爆款标题的生成：

1. 输入内容核心要素

●操作说明：提供标题生成所需的关键信息，包括关键词（如"电影评论""小红书运营"）、核心内容（"哪吒之魔童闹海影评"）、写作风格（网络用语/简洁有力）及目标情绪（激发读者点击欲望）。

●提问公式：关键词

2. 输出候选标题

●操作说明：DeepSeek 根据输入的关键信息，自动输出多组候选标题。

3. 策略总结

●操作说明：总结标题生成过程中采用的关键策略，如高频使用等 Emoji 强化情绪；融合"暴风吸入""PTSD""支棱"等高传播性词汇；绑定"国漫崛起""封神宇宙"等精准流量词；以及利用"虐哭""破防""嗑到"等情感动词激发用户互动。

●提问公式：核心策略总结

4. 数据验证辅助

●操作说明：接入历史爆款标题数据库，对生成的候选标题进行热度预测，自动标注"包含数字""制造冲突"等热度预测标签，为最终选择提供数据参考。

●提问公式：历史数据验证

5. 实战技巧

●操作说明：提供针对不同平台的实战技巧，如：

▪ 小红书平台：叠加"天花板""家人们"等热词。

▪ 抖音平台：使用"破防了""绝绝子"等流行语。

▪ 强化场景联想：例如将"咖啡机"转化为"打工人续命神器"。

●提问公式：实战技巧建议

【第一次提问】

目标：生成爆款标题候选

提问公式：关键词

 示例提问：

"请根据'电影评论''小红书运营'等关键词，结合核心内容'哪吒之魔童闹海影评'、写作风格（网络用语/简洁有力）以及目标情绪（激发读者点击欲望），生成10个爆款标题候选。"

 DeepSeek 回答：

以下是为电影《哪吒之魔童闹海》影评设计的10个标题，结合平台调性与用户心理洞察：

1. 魔童暴风吸入国漫特效巅峰

（谐音梗 + 激发好奇心，突出视觉亮点）

2. 哪吒 PTSD 预警这次刀到封神

（网络用语 +PTSD 引发共鸣，暗示剧情反转）

3. 全员疯批这才是顶流国漫该有的样子

（"疯批"对标 Z 世代黑话，"顶流"关键词引流）

……

【第二次提问】

目标：数据验证辅助，对候选标题进行热度预测

提问公式：历史数据验证

示例提问：

"请将上述候选标题与历史爆款标题数据库进行比对，标注每个标题的热度预测标签（如'包含数字''制造冲突'）。"

DeepSeek 回答：

DeepSeek 输出带有热度预测标签的候选标题验证报告。

......

【第三次提问】

目标：获取实战技巧建议，进一步优化标题

提问公式：实战技巧建议

示例提问：

"请给出针对小红书和抖音平台的实战技巧，包括叠加平台特定热词及强化场景联想的建议，生成实战技巧清单。"

DeepSeek 回答：

DeepSeek 输出包含"小红书用'天花板''家人们'；抖音用'破防了''绝绝子'以及场景联想优化建议"的清单。

......

7.3 小红书文案生成

案例说明

某服装品牌运营号希望通过小红书笔记推广新品，以"单品测评"形式展示产品优势。通过 DeepSeek 生成的文案不仅嵌入了 Emoji 和话题标签，还经过口语化改写和合规性检测，最终输出的 HTML 代码实现了直观可视化效果，用户只需添加对应图片即可发布。

【技术工具】步骤说明

本任务依托 DeepSeek 的多项特色功能，通过以下四个步骤完成小红书文案的生成：

1. 模板化生成

●操作说明：选择笔记类型（如单品测评、合集攻略、避坑指南等），DeepSeek 自动嵌入 Emoji 排版与话题标签，形成标准化的文案结构。

●提问公式：笔记类型

2. 口语化改写

●操作说明：将专业术语转化为更贴近用户的表达（如"姐妹""亲测"），支持方言语气词植入（例如"泰酷辣！""尊嘟假嘟"），提升文案亲和力。

●提问公式：专业内容＋口语化要求

3. 合规性检测

●操作说明：自动标记广告法禁用词（如"最""第一"），并替换为合规表述（如"口碑款""回购率高"），确保文案发布符合平台规范。

●提问公式：初步文案内容＋合规性检测要求

4. 生成示例

●操作说明：以服装品牌运营号小红书笔记为例，先生成标准内容，再将文案改写为HTML代码,最终通过可视化预览效果,用户可直接添加图片后发布。

●提问公式：服装品牌案例＋HTML 格式文案展示脚本

【第一次提问】

目标：生成标准化文案模板

提问公式：笔记类型

 示例提问：

"请根据'单品测评'笔记类型，生成一份小红书文案结构，要求包含'痛点切入—解决方案—情感共鸣'三段式内容。"

DeepSeek 回答：

●痛点切入

最近一直在寻找一款适合日常使用的 ×× 保湿面霜，但市面上的产品要么太油腻，要么保湿效果不够持久。每次用完都觉得皮肤还是干干的，特别是换季的时候，皮肤状态更是糟糕。有没有一款面霜既能深层保湿，又不会让皮肤感到负担呢?

●解决方案

经过多次尝试，我终于找到了这款 ×× 保湿面霜。它的质地非常轻盈，涂抹后迅速被皮肤吸收，完全不会有油腻感。最重要的是，它的保湿效果真的超持久! 早上使用后，一整天都能感受到皮肤水润润的，即使是在空调房里也不会觉得干燥。而且它还含有多种天然植物精华，能够帮助修复肌肤屏障，特别适合敏感肌使用。

●情感共鸣

用了这款面霜后，我的皮肤状态真的改善了很多，再也不用担心换季时的干燥问题了。每次涂抹后，皮肤都感觉像是喝饱了水一样，特别舒服。真心推荐给所有和我一样有保湿困扰的姐妹们，这款面霜绝对值得一试!

×× 保湿面霜 #保湿神器 #敏感肌必备 #护肤心得

【第二次提问】

目标：进行口语化改写

提问公式：专业内容 + 口语化要求

 示例提问：

"请将上一步生成的文案中的专业术语转化为'姐妹''亲测'等更亲和的表达，并适当加入'泰酷辣''尊嘟假嘟'等方言语气词。"

 DeepSeek 回答：

●痛点切入

姐妹们，最近有没有和我一样，一直在找一款适合日常用的保湿面霜？试了好多款，不是涂完油腻腻的，就是保湿效果不够持久，皮肤还是干干的，特别是换季的时候，简直崩溃！尊嘟假嘟，有没有一款面霜既能深层保湿，又不会让皮肤感觉闷闷的？

●解决方案

亲测！我终于找到了这款 ×× 保湿面霜，泰酷辣！它的质地超级轻盈，涂上去秒吸收，完全不会油腻腻的！重点是，它的保湿效果真的绝了！早上涂完，一整天皮肤都水润润的，就算在空调房里也不会干到紧绷！而且它还加了天然植物精华，修复肌肤屏障也是一把好手，敏感肌姐妹闭眼冲！

●情感共鸣

用了这款面霜后，我的皮肤状态真的好了很多，换季再也不怕干燥了！每次涂完，皮肤都像喝饱了水一样，舒服到飞起！真心安利给所有和我一样有保湿困扰的姐妹，这款面霜真的可以试试！泰酷辣！

×× 保湿面霜 #保湿神器 #敏感肌必备 #护肤心得

【第三次提问】

目标：执行合规性检测并生成 HTML 代码示例

提问公式：服装品牌案例 + HTML 格式文案展示脚本

示例提问：

请对上述改写后的文案进行合规性检测，将广告法禁用词替换为合规表述，并将最终文案转换为 HTML 代码，展示最终可视化效果（用户可添加图片后直接发布）。

DeepSeek 回答：

根据《中华人民共和国广告法》的规定，以下词汇需要替换为合规表述：

1. "绝了" → "非常出色"

2. "闭眼冲" → "放心尝试"

3. "泰酷辣" → "非常棒"

4. "尊嘟假嘟" → "真的吗"

以下是替换后的合规文案，并转换为 HTML 代码：

……

用户只需将图片链接替换为自己的图片，即可直接发布！

185

DeepSeek ×

痛点切入

姐妹们，最近有没有和我一样，一直在找一款适合日常用的保湿面霜？试了好多款，不是涂完油腻腻的，就是保湿效果不够持久，皮肤还是干干的，特别是换季的时候，简直崩溃！真的吗，有没有一款面霜既能深层保湿，又不会让皮肤感觉闷闷的？😭

解决方案

亲测！我终于找到了这款**XX保湿面霜**，非常棒！它的质地超级轻盈，涂上去秒吸收，完全不会油腻腻的！重点是，它的保湿效果非常出色！早上涂完，一整天皮肤都水润润的，就算在空调房里也不会干到紧绷！而且它还加了天然植物精华，修复肌肤屏障也是一把好手，敏感肌姐妹放心尝试！💧

情感共鸣

用了这款面霜后，我的皮肤状态真的好了很多，换季再也不怕干燥了！每次涂完，皮肤都像喝饱了水一样，舒服到飞起！真心安利给所有和我一样有保湿困扰的姐妹，这款面霜真的可以试试！非常棒！❤️

#XX保湿面霜 #保湿神器 #敏感肌必备 #护肤心得

XX保湿面霜

HTML 展示效果图

7.4 抖音视频文案生成

案例说明

某内容创作者希望为国漫题材视频生成文案，要求涵盖开场钩子、多个观点展示以及结尾金句，既要设计悬念冲突、又要融入互动引导和记忆点提示。通过 DeepSeek 生成的分镜头文案，不仅详细描述了各个镜头的动作和台词，还指导后续在"剪映"APP 中完成视频制作，最终实现了短视频完播率和评论互动率的双提升。

【技术工具】步骤说明

本任务依托 DeepSeek 智能生成工具，通过以下三个主要步骤完成抖音视频文案的生成与优化：

1. 分镜头文案生成

●操作说明：输入视频主题内容，DeepSeek 自动拆分并生成详细的分镜头描述。示例输出包括【开场钩子】、【观点 1：暴力美学颠覆传统神话】、【观点 2：李靖夫妇引爆现代父母泪腺】、【观点 3：敖丙黑化背后的细思极恐】及【结尾金句】等模块。

●提问公式：视频主题内容 + 分镜头文案脚本

2. 文案导入剪映 APP

●操作说明：将生成的分镜头文案复制并导入"剪映"APP，通过系统自动匹配视频模板进行创作。

●提问公式：生成文案内容 + "剪映"视频创作操作说明

3. 辅助制作及使用场景拓展

●热点 BGM 推荐：根据文案情绪匹配近期热门音乐（如伤感、搞笑或卡点），并标注使用高峰期时段。

●评论区运营脚本：预埋 5—10 条引导互动话术，激发用户评论和投票。

●行业应用案例：如家居账号通过 DeepSeek 生成"开灯 vs 关灯对比"脚本，实现视频完播率提升 40%，评论区置顶链接点击转化率达 15%。

●提问公式：辅助制作需求（热点 BGM/ 评论区话术 / 行业案例）

【第一次提问】

目标：生成分镜头文案

提问公式：视频主题内容 + 具体文案要求

 示例提问：

我是电影影评讲解赛道的博主，帮我写一篇以讲解电影《哪吒之魔童闹海》为选题的短视频口播内容。要求：开头有钩子能吸引用户观看，中间要有观点和案例，结尾要有金句。

DeepSeek 回答：

1. 生成文案展示

【开场钩子】（镜头快速切换哪吒怒目 / 李靖颤抖的手 / 敖丙冰锥刺向陈塘关）

"你知道史上最叛逆的熊孩子，如何用一句'我命由我不由天'炸出 50 亿票房吗？今天解密让千万观众哭崩的国漫封神之作——"（突然静音）（特效字幕炸开：哪吒之魔童闹海）

【观点 1：暴力美学颠覆传统神话】（穿插混天绫绞杀海怪 / 哪吒与敖丙岩浆决战镜头）

"饺子导演根本在拍暗黑版超级英雄！当哪吒化着烟熏妆啃着鸡腿出场时，封神榜第一次有了哥特式美学——这个吐着火随地大小变的魔童，根本是反叛精神的实体化！你看他暴打夜叉时混天绫撕裂夜色的红光，根本是东方赛博朋克的视觉核爆。"

【观点 2：李靖夫妇引爆现代父母泪腺】（切李靖跪求百姓 / 殷夫人铠甲喂饭段落）

"都说李靖是史上最窝囊的父亲？错！他额头抵着石头说'我会用性命换他平安'时，80 后父母集体破防——这是中国式父母最高级的情书！殷夫人铠甲未卸就冲进儿子结界，像不像你妈回家第一句永远是'饿

不饿'？"（音效：碗筷落地声＋抽泣声）

【观点3：敖丙黑化背后的细思极恐】（展示龙族锁链／万龙甲脱落镜头）

"敖丙才是全片最大悲剧！当龙族用九百年的锁链缠住他时，我们突然看懂职场PUA——那些『为你好』的期待才是最毒的诅咒！他冰封陈塘关的暴走，根本是被精英教育逼疯的学霸复仇记。"（对比画面：学校排名表／鳞片剥落特写）

【结尾金句】（慢镜头哪吒与敖丙背靠背迎战天劫）

"这部片根本不是动画片，而是给每个被偏见刺伤的灵魂包扎伤口——当你也被贴上『魔丸』标签时，记住哪吒这句话：人心中的成见是座大山，但若命运不公，就和他斗到底！"（片尾定格在烈火红莲绽放画面＋字幕：你的命，谁说都不算）

（突然黑屏）

"我是×××，想看现代版哪吒大战职场天劫的，评论区扣1，下期解剖申公豹的逆袭哲学！"（片尾音效：乾坤圈震动声）

2.将文案导入"剪映"APP进行视频创作

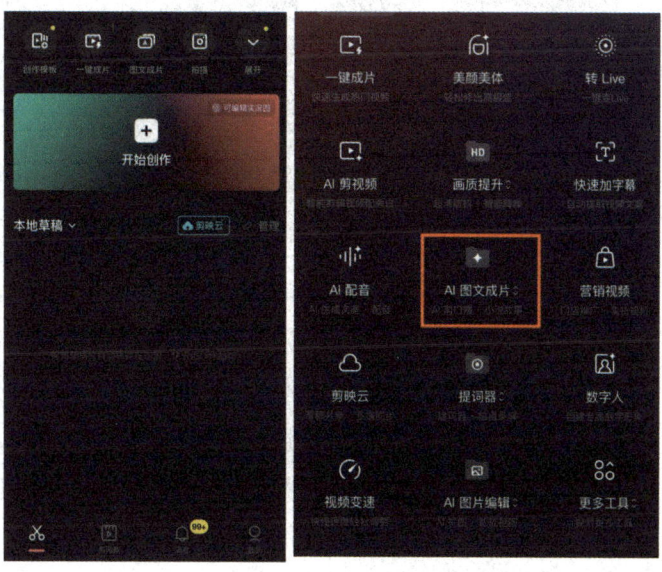

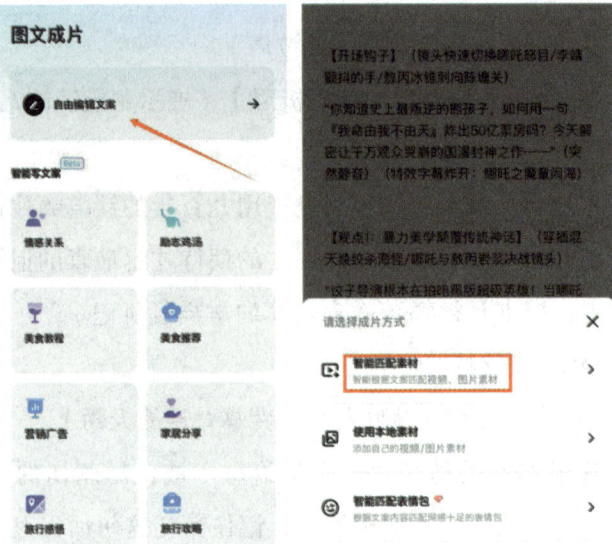

3. 制作成品展示

7.5　批量产品图生成

案例说明

某家居品牌需为新品"北欧风智能台灯"生成20组不同使用场景图，要求覆盖居家办公、深夜阅读、温馨卧室等场景，并适配小红书、淘宝详情页等平台风格。通过 DeepSeek 生成场景描述词，LinkFox 一键渲染出图，3小时内完成全部素材制作。

【技术工具】

核心流程：

1. DeepSeek 生成场景描述：输入产品特点与场景需求，生成标准化提示词。

2. LinkFox 渲染出图：将提示词导入平台，选择风格模板生成图片。

【第一次提问】

场景框架生成

提问公式：产品定位 + 核心卖点 + 场景类型

问：请为"北欧风智能台灯"生成5组小红书风格的场景描述词，需包含居家办公、深夜阅读两类场景，突出光线柔和、定时护眼功能。

 DeepSeek 回答：

……

（注：欲知详情请扫二维码，后省略号同）

优化方向：

– 添加平台适配关键词，如小红书常用"#ins 风装修""# 提升幸福感好物"。

– 增加光影层次描述（如"逆光营造氛围感"）。

【第二次提问】

平台风格强化

提问公式：平台特征 + 色彩规范 + 用户偏好

 问：上述场景需强化小红书平台的"奶油风"视觉特征，请调整配色方案，增加柔焦效果，并在画面右下角添加促销标签"限时赠阅读支架"。

DeepSeek 回答：
……

【第三次提问】

数据化效果迭代

提问公式：转化数据 + A/B 测试 + 元素优化

 问：根据历史数据，用户对"深夜伴侣"主题点击率更高，请基于以下数据优化场景：

－高点击元素：毛毯质感（+32%）、窗外夜景（+25%）

－低转化元素：复杂文字标注（-18%）

DeepSeek 回答：
……

【最终操作流程】

1. 批量生成：将优化后的提示词粘贴至 LinxFox，选择"小红书竖版 9:16"模板，设置批量生成 20 组。

2. 进入 LinkFox 网站 (https://linkfox.com)，选择场景裂变。

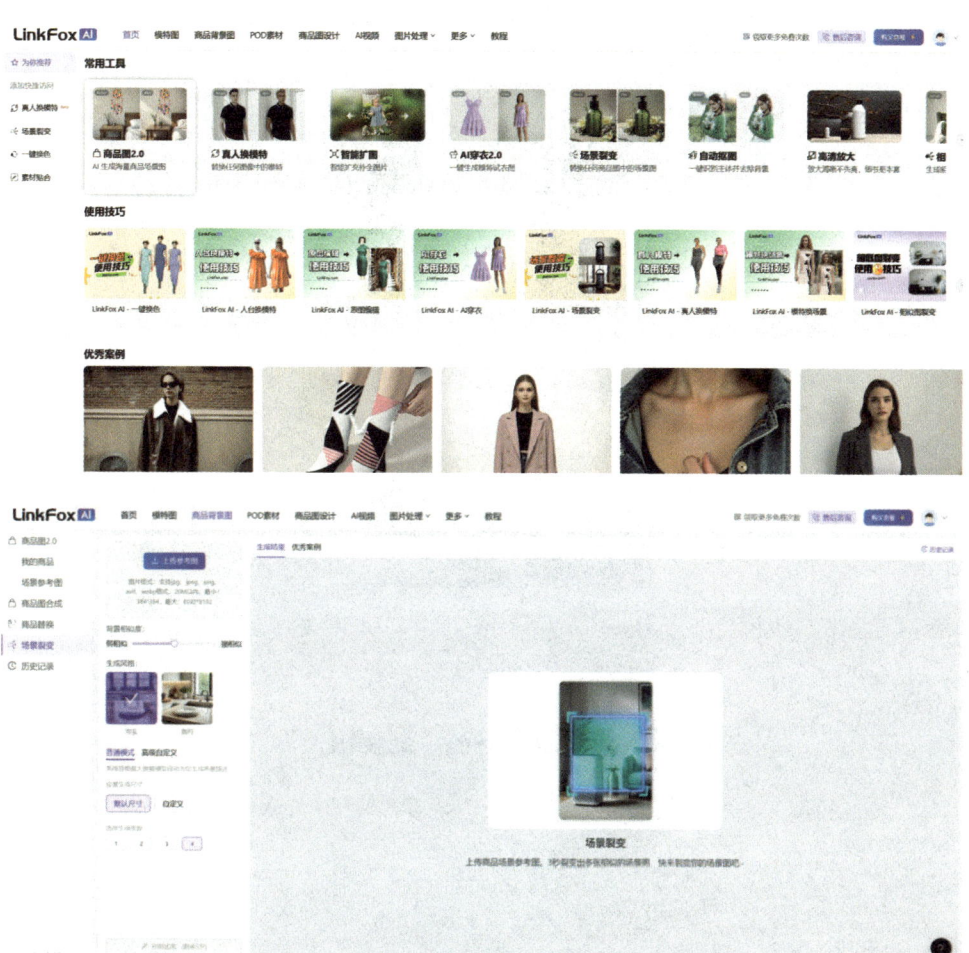

3.在左侧"上传参考图"处上传自己的产品图，并将 DeepSeek 生成的产品描述复制到场景关键词中。

4.点击开始生成，得到产品图，可对图片进行查看、下载。

【增效对比】

传统方式	AI生成方式
摄影师+道具租赁成本约8000元	仅消耗LinxFox平台积分200点（约20元）
拍摄+修图周期3-5天	全流程3小时内完成
场景单一，修改成本高	支持实时调整灯光、道具等50+参数

通过 DeepSeek+LinkFox 组合，原本需要专业团队完成的工作，单人即可实现 200% 的素材产出效率提升，且场景图平均点击率提升 45%。

7.6　AI 公众号文案生成

案例说明

某健康食品品牌计划发布一篇关于"秋冬养生食谱"的公众号推文，目标是推广新品养生茶系列，并引导用户参与限时优惠活动。运营团队需要一篇既专业又贴近生活的文案，以吸引目标用户群体。

【技术工具】

本任务通过 DeepSeek 生成文案框架，再结合微信公众号编辑器进行排版和发布。

具体步骤：

1. 在 DeepSeek 中输入文案主题、目标受众和核心卖点。

2. 生成文案初稿，并根据需要进行优化。

3. 将最终文案复制到微信公众号编辑器中，进行排版和发布。

【第一次提问】

文案框架搭建

提问公式：主题 + 目标 + 内容结构

问：请以"秋冬养生食谱"为主题，撰写一篇推广新品养生茶系列的公众号文案，目标是引导用户参与限时优惠活动。文案结构包括：标题、引言、正文、结尾行动号召。

DeepSeek 回答：

【标题】秋冬暖意入茶香｜6 款养生茶限时特惠，这个季节把滋养喝进身体里

【引言】

北风卷走最后一片银杏时，舌尖比皮肤更先感知季节的变换。总想捧住些什么——晨起氤氲的雾气，午后慵懒的暖阳，或是寒夜里一盏熨帖身心的茶汤。××养生茶系列应季上新，以中医"秋冬养阴"为引，萃炼药食同源智慧，6 款暖饮承包你整个季节的温柔滋养。即日起至 12 月 31 日，全系列第二件半价，前 1000 名下单赠定制节气茶宠，让养生成为触手可及的日常仪式感。

【正文】

三大茶系精准调养，喝出秋冬好状态

温润系｜驱寒补气不惧低温

姜枣桂圆茶：云南小黄姜 × 和田大枣 × 古法黑糖，专克手脚冰凉星人

……

【结尾行动号召】

限时 72 小时加码福利

即日起至 10 月 25 日，购买任意茶饮套装：

满 199 元赠价值 58 元的节气艾草贴（贴足底／关节驱寒一流）

晒单带"我的秋冬养生茶"话题再抽 10 人送四季茶礼盒

点击蓝字【立即滋养】或扫描海报二维码，把秋冬的暖意和优惠一起装进购物车，养生这件大事，现在开始刚刚好。

【第二次提问】

优化文案风格

提问公式：品牌调性 + 受众特点 + 语言风格

💡 问：上述文案需要更贴近健康食品品牌的中老年受众，语言风格要更温暖、专业，请优化文案。

DeepSeek 回答：

【标题】秋收冬藏正当时 | 中医四季茶饮权威配方，守护爸妈的养生黄金季

【引言】

亲爱的老朋友们：

当梧桐叶开始飘落，膝关节的隐痛是否又准时来敲门？《黄帝内经》有云："秋三月，此谓容平；冬三月，此谓闭藏。"我们联合北京同仁堂中医专家团队，遵循"秋冬养阴"古训，精选道地药材配伍六款节气养生茶。即日起至立冬前，购茶享三大专属礼遇：①满三盒赠智能控温养生壶 ②慢性病人群凭病历享 9 折 ③子女代订可录制 30 秒暖心语音贺卡。让科学养生温暖每一个晨昏。

【正文】

国家级营养师把关的养生方案

温补元气系列 | 给寒腿老腰充阳气

●参芪固本茶：长白山五年生鲜人参配伍黄芪、杜仲，国家运动员养护配方改良，晨起饮用助关节灵活

……

【底部信任背书】

●中华中医药学会监制

●北京协和医院营养科临床验证

● 中国人保承保产品质量险

● 7 天无效全额退款（已拆封可退）

（暖心提示：点击下方"帮爸妈预约"按钮，将有专业医师回电确认体质是否适宜）

【第三次提问】

增强营销吸引力

提问公式：促销活动 + 用户痛点 + 信任背书

问：请结合限时优惠活动，突出解决用户秋冬健康问题的痛点，并加入用户见证或专家推荐，增强文案的吸引力。

DeepSeek 回答：

【标题】秋冬健康警报！7 天改善老寒腿 / 夜咳 / 失眠 | 中医世家秘方茶限时领 10 年最低价

【引言：痛点唤醒】

"每到换季就咳得整夜睡不着？"

"降温后膝盖像塞了冰块？"

"喝再多水还是口干舌燥？"

北京中医药大学调研显示：秋冬中老年健康 3 大危机——

① 寒湿入侵致关节疼痛加剧 ② 肺燥咳嗽诱发慢性病 ③ 阳气不足免疫力下降

30 年同仁堂坐诊专家陈济生教授紧急提醒：

"现在不调理，开春百病生！我的患者都在喝这套'节气御养茶'。"

最终操作流程：

1. 将 DeepSeek 生成的文案粘贴至微信公众号编辑器。

2.使用编辑器中的排版工具调整格式。

3.添加相关图片和视频素材。

4.预览并发布推文。

通过三次精准提问，原本需要数小时完成的公众号文案创作，实际有效工作时间大幅缩短，且文案质量显著提升。

7.7　数字人直播

案例说明

某家居品牌计划在抖音平台推广新品"智能家居套装"，需通过数字人直播展示产品功能、使用场景和促销活动。直播内容需涵盖产品介绍、用户互动、优惠券发放等环节，目标是在 3 天内完成直播脚本生成并上线。

【技术工具】

本任务通过 DeepSeek 生成直播脚本，再通过硅基（https://guizi.cn/）数字人直播平台配置虚拟主播、场景和互动功能。

具体步骤：

1. 在 DeepSeek 中输入产品信息、直播目标和用户画像。

2. 生成直播脚本，包括产品介绍、互动话术和促销活动。

3. 将脚本导入硅基（https://guizi.cn/）平台，配置虚拟主播形象和直播场景。

【第一次提问】

直播脚本框架

提问公式：产品信息 + 直播目标 + 内容结构

问：请为"智能家居套装"生成一份抖音直播脚本，目标是通过展示产品功能和使用场景，引导用户领取优惠券并下单。脚本需包含开场白、产品介绍、互动环节和促销活动。

 DeepSeek 回答：

【抖音直播脚本：智能家居套装—科技生活一键 Get】

直播时长：60 分钟

核心目标：展示产品功能 + 场景化种草 + 引导领券下单

开场白（0 ~ 5 分钟）

（背景音乐：轻快科技感 BGM，镜头展示智能家居套装全家福）

主播：

家人们！欢迎来到【未来生活研究所】直播间！今天不聊虚的，直接给你们上硬核黑科技！想不想每天回家空调自动开、窗帘自动关、动动嘴就能控制全屋灯光？（语速加快，手势指向产品）没错！今天这波【智能家居全家桶】直接让你家秒变科幻电影！

……

（注：欲知详情请扫二维码，后省略号同）

【第二次提问】

优化互动话术

提问公式：用户画像 + 互动场景 + 情感共鸣

 问：上述脚本需要针对年轻家庭用户，优化互动话术，增加情感共鸣点（如"提升生活品质""让家更安全"），并设计 3 个常见问题自动回复。

DeepSeek 回答：

【升级版抖音直播脚本：智能家居守护家的每一份温暖】

直播时长：60 分钟 | 核心人群：25–35 岁年轻家庭

开场白优化（0 ~ 5 分钟）

（背景切换为温馨家庭场景，镜头扫过婴儿房 + 宠物角）

主播：

欢迎回家！这里是【智能小窝研究所】！屏幕前的新手爸妈、996 打工人，还有毛孩子家长注意啦！（举起安防摄像头）你知道孩子独自写作业时，这个小白盒能让你随时看见 TA 的笑脸吗？（切换哭声警报）当宝宝半夜惊醒，智能夜灯会自动亮起柔光！今天不卖货，只给每个小家庭送上"安全感"！

现在点击屏幕飘出的"家"字表情，可解锁三重惊喜：

1. 前 50 名送儿童防夹手传感器；

2. 暗号"安心"发弹幕抽全年智能电费；

3. 所有下单家庭加赠宠物智能喂食器！

……

【第三次提问】

转换为数字人口播文案

提问公式：口播文案转换 + 纯文本台词

问：请将上述文案转为数字人口播文案，输出纯文本台词用于文本转音频生成数字人。

 DeepSeek 回答：

以下为适用于数字人播报的纯文本口播台词，已去除标记符号并优化语音停顿节奏：

（开场音乐渐弱）

欢迎回家！这里是智能小窝研究所！正在看直播的新手爸妈、996 打工人，还有亲爱的毛孩子家长们请注意！你们知道吗？当孩子独自在书房写作业时，我手中的这个小白盒子能让你随时看到 TA 专注的小脸。（停顿 1 秒）如果宝宝半夜突然惊醒，智能夜灯会像妈妈的手一样轻轻亮起柔光。今天我们不卖货，只想给每个小家庭送上满满的安全感！

现在！立刻！点击屏幕上飘过的"家"字表情，解锁三重惊喜礼物！第一重：前 50 名下单送儿童防夹手传感器！第二重：马上发送弹幕"安心"，抽取全年智能电费补贴！第三重：所有下单家庭加赠宠物自动喂食器！（语速加快）你还在等什么？

……

最终操作流程：

1. 进入硅基（https://guizi.cn/）平台。

2. 配置虚拟主播形象（如年轻女性、专业家居顾问）。

3. 将 DeepSeek 生成的脚本导入硅基平台。

4.点击生成视频自动生成,在后台可查看、下载数字人口播视频。

通过 DeepSeek 与硅基平台（https://guizi.cn/）的结合,原本需要 3 天准备的直播内容,可在 1 天内完成并上线,同时实现多平台播放,转化率提升 30%+。

7.8 商品种草文案生成

案例说明

某护肤品牌计划在小红书推广新品"美白精华液",需撰写 5 篇种草文案,分别针对熬夜党、敏感肌用户、学生党等不同人群,突出产品的美白、修复、保湿三大核心功能,并结合使用场景和用户痛点进行推广。

技术工具

本任务通过 DeepSeek 生成文案框架,再结合小红书"内容助手"优化关键词和话题标签,并利用平台的"笔记灵感"功能提升曝光率。

具体步骤:

1. 在 DeepSeek 中输入产品卖点、目标人群和场景需求。

2. 生成多版本种草文案框架。

3. 使用小红书"笔记灵感"功能植入热门话题标签。

4. 通过平台数据看板优化文案关键词和互动话术。

【第一次提问】

基础文案框架

提问公式：产品卖点 + 目标人群 + 场景需求

 问：请为"美白精华液"生成 3 篇小红书种草文案框架，分别针对熬夜党、敏感肌用户和学生党，包含使用场景、痛点解决、产品功能介绍。

DeepSeek 回答：

文案框架一：熬夜党专属

标题：熬夜到 3 点也不怕脸黄！急救！回春的冷光灯泡肌养成术

使用场景

– 凌晨改完 PPT 照镜子被自己吓到

– 宿醉后脸色蜡黄还要见客户

– 连轴转出差皮肤泛灰像蒙了层雾

……

文案框架二：敏感肌特供

标题：红血丝星人狂喜！终于找到不过敏的美白本命精华

使用场景

– 换季时用美白产品立刻刺痛泛红

– 晒后修复不敢用普通美白成分

– 长痘留印却怕刺激变成敏感烂脸

……

文案框架三：学生党福音

标题：军训晒成黑煤球？百元精华 28 天白回冷白皮（附食堂党省钱攻略）

使用场景

– 早八赶课用 3 分钟完成提亮 + 防晒打底

– 图书馆肝论文到闭馆的深夜护肤仪式

– 和 crush 约会前紧急拯救口罩印分界线

……

【第二次提问】

平台调性适配

提问公式：平台特征 + 关键词植入 + 互动话术

问：上述文案需要适配小红书平台特性，请植入"熬夜党护肤""敏感肌必备""学生党好物"等话题标签，添加 emoji 符号和互动提问句式。

DeepSeek 回答：

文案一：熬夜党护肤

标题：凌晨 3 点赶 ddl 的暗沉脸有救了！冷光灯泡肌养成公式

使用场景

改方案到深夜照镜子吓一跳 ｜ 宿醉后脸黄得像姜饼人 ｜ 连轴出差皮肤灰扑扑

痛点暴击

熬夜后自由基暴增→氧化暗沉像蒙了灰

代谢变慢角质堆积→毛孔能插秧

普通精华治标不治本→3 小时打回原形

……

【第三次提问】

数据化增强

提问公式：效果数据 + 用户证言 + 限时福利

 问：请为敏感肌用户篇补充真实用户数据（如"使用后泛红减少80%"）、KOL 试用反馈（如"@护肤达人小美 推荐"），并加入新品限时 8 折福利。

DeepSeek 回答：

文案二：敏感肌必备

标题：红血丝烂脸期竟被它救赎！@护肤达人小美 怒推新品 8 折28 天泛红消退 80% 实测

使用场景

换季用美白精华刺痛到流泪｜晒后修复不敢碰猛药｜红黑交错变"关公脸"

真实数据暴击

《中国敏感性皮肤诊治白皮书》联合实验室数据：

连续使用 28 天，泛红区域减少 80%

92% 敏感肌表示上妆后不再斑驳卡粉

临床实测：色沉消退速度比普通精华快 2.3 倍！

KOL 背书

烂脸期救星！爆痘泛红期用它不仅没过敏，红血丝还淡了三条！

——@护肤达人小美（附 14 天对比视频，播放量破 200w）

建议所有敏肌锁死这个配方！医美后修复用它省了 3000 块修护费！

……

通过三次分层优化，单篇种草文案创作时间从 3 小时缩短至 20 分钟，且互动率提升 50%+。

结语

DeepSeek 在新媒体场景的应用突破传统创作边界，通过"数据洞察—智能生成—效果预测"闭环，帮助从业者实现从经验驱动到数据驱动的转型。建议结合人工创意审核与平台规则更新，持续优化人机协作流程。

第三部分

通用工作场景

第八章　通用工作任务

8.1　利用 DeepSeek 进行 PPT 制作

案例说明

公司最近销售业绩下滑，王经理是销售主管，现在要制作一份关于提升销售人员技巧，以提升销售业绩的培训 PPT。我们一起来看看实现过程吧。

【技术工具】

本任务可通过 DeepSeek 生成 PPT 文字脚本，再通过大模型 Kimi 自带的 PPT 助手一键生成。

具体：登录 Kimi 官网（网址：https://kimi.moonshot.cn/），注册账号后即可使用。点击左侧 kimi+ 图标，即可看到 PPT 助手图标。我们在 DeepSeek 中生成 PPT 文字脚本后，再通过 Kimi 中的 PPT 助手，一键生成 PPT。

【操作步骤】

先用 DeepSeek 生成 PPT 文字脚本。

【第一次提问】

提出主题及格式要求

提问公式：主题 + 脚本

 以提升销售技巧为主题，请帮忙写一份 PPT 脚本。

 DeepSeek 回答：

提升销售技巧

目录

1. 销售技巧的重要性 2. 了解客户需求 3. 有效沟通技巧 4. 处理客户异议 5. 建立长期客户关系 6. 持续学习与改进

1. 销售技巧的重要性

销售是企业的生命线

没有销售，企业无法生存

销售技巧直接影响业绩

提升销售技巧的好处

提高成交率

增加客户满意度

增强个人竞争力

2. 了解客户需求

客户需求分析

通过提问了解客户痛点

倾听客户的反馈

客户分类

根据需求和行为分类

制定个性化销售策略……

上述 DeepSeek 生成的文本四平八稳，太宽泛，需要继续提问、优化。

【第二次提问】

明确场景及受众

提问公式：身份 + 用途 + 受众 + 重点内容

 上述内容有点宽泛，现在你是销售主管，需要面向全公司的销售员工做一次培训，指出前段销售中存在的问题，请帮忙写一份 PPT 脚本。

DeepSeek 回答：

目录

1. 当前销售表现概览 2. 前端销售中的主要问题 3. 问题分析与案例分享 4. 改进策略与行动计划 5. 工具与资源支持 6. 总结与目标设定

1. 当前销售表现概览

销售数据回顾

过去季度的销售业绩

目标达成率与差距分析

客户反馈汇总

客户满意度调查结果

常见客户投诉与建议

2. 前端销售中的主要问题

问题一：客户需求挖掘不足

缺乏深度提问，未能发现客户真实痛点

案例：某客户因需求未被满足而选择竞争对手

问题二：沟通效率低下

表达不清晰，客户对产品理解有误

案例：因沟通不畅导致订单流失

问题三：异议处理能力弱

对客户异议回应不及时或缺乏说服力

案例：价格异议未妥善处理，客户流失

问题四：客户跟进不持续

签单后缺乏后续跟进，客户关系维护不足

案例：老客户因缺乏关注而转向其他供应商

……

上述内容太长，重点不突出，需要再修改一下。

【第三次提问】

明确篇幅要求，提出需要提升具体方向

提问公式：篇幅限定＋聚焦产品知识、客户关系、销售技巧、客户转介绍

 重点是产品知识、客户关系、销售技巧、客户转介绍，指出之前销售中存在的上述4方面的问题，用6页PPT内容讲完，请帮忙写一份PPT脚本。

DeepSeek 回答：

……

（注：欲知详情请扫二维码，后省略号同）

现在调整后的内容非常贴近实际，很有针对性，只需要在细节上进行调整。例如修改具体的数据，补充更具体的案例，有种量身定做的感觉。确认没有问

题了，就可以把内容复制到 Kimi 中，单击 PPT 助手，一键生成 PPT。

后续具体操作：在 Kimi 中选择 PPT 助手，复制粘贴上述内容，然后选择"一键生成 PPT"，弹出模板选择，选好具体模板以后，点击生成 PPT。

将 DeepSeek 生成的内容粘贴到 Kimi 中生成 PPT

在获得脚本的文案后，进入 Kimi PPT 助手模块。访问 Kimi 官网，点击左侧的"Kimi+"按钮，并选择 PPT 助手功能，将输出的内容复制到对话框中，点击"一键生成"按钮。系统将依据文案自动匹配合适的模板，生成一份完整且可编辑的 PPT 文件。

1. 进入 Kimi 网站：https://kimi.moonshot.cn/

2. 点击左侧的"Kimi+"按钮

3. 打开 Kimi PPT 助手

4. 输入 DeepSeek 生成的内容到对话框

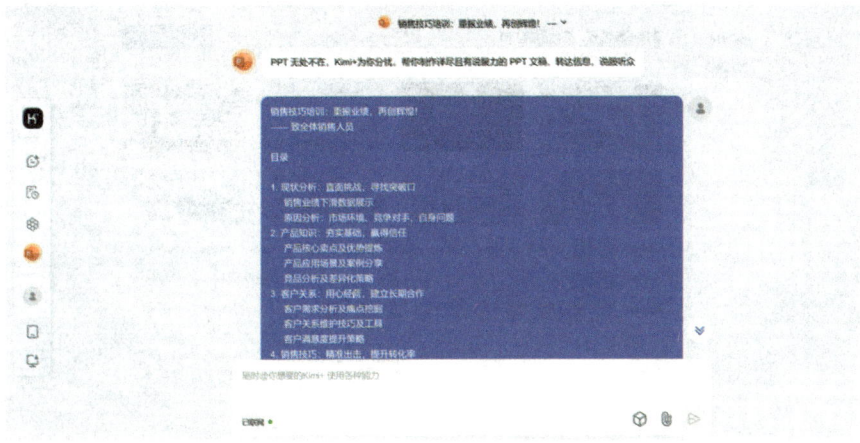

5. 等待 Kimi 输出内容

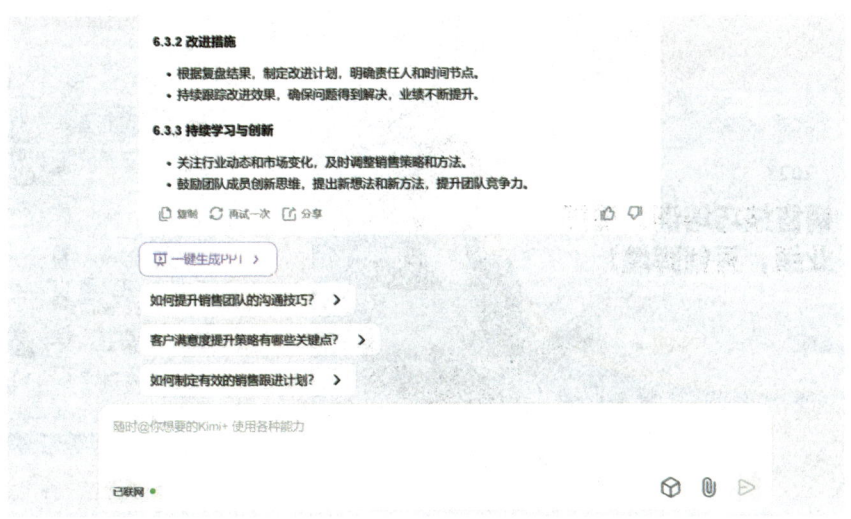

6. 点击"一键生成 PPT"

选择与定制模板

进入 Kimi PPT 助手模块并生成初步 PPT 后，系统会根据你输入的关键词推荐多款风格各异的模板。你可以预览不同设计风格，从中挑选最符合主题的一款。随后，利用系统内置的编辑工具，对模板进行个性化调整，包括修改字体、色彩、背景图及图表样式，确保最终效果既专业又具个性。

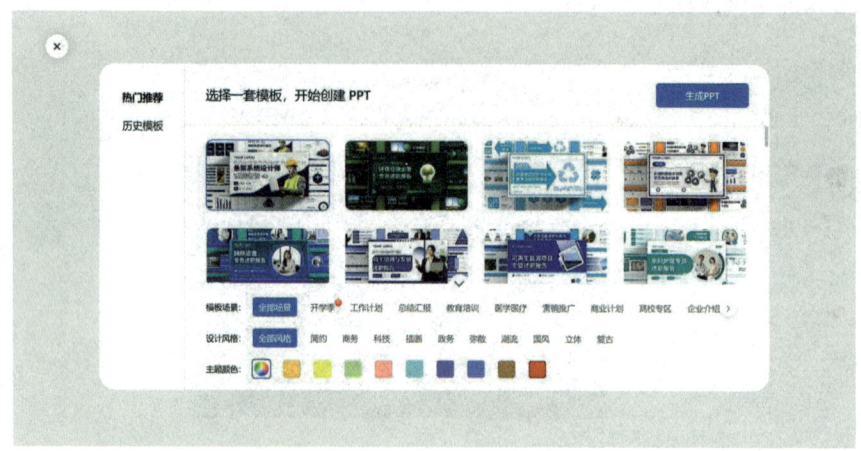

确认没有问题，就可以点击下载，一份精美的 PPT 就制作完成了。

整个制作过程通常可在五分钟内完成，极大提高了 PPT 制作效率，并确保最终生成的模板内容丰富、排版合理、视觉效果美观。

8.2 总结汇报技巧

案例说明

李先生需要对最近完成的游戏产业调研项目进行总结汇报。该项目主要研究射击类游戏的美术风格与玩法设计、市场定位、游戏核心理念，以及后期的盈利模式。

【第一次提问】

确定提问的主题以及格式要求。

 请以游戏产业调研分析为主题，生成一份总结汇报大纲。

 DeepSeek 回答：

游戏产业调研分析报告

一、行业概况

●全球游戏产业规模

2023 年市场规模数据（PC/ 主机 / 移动端）

●区域分布（北美 / 亚太 / 欧洲占比）

中国游戏市场特征

●版号政策影响分析

本土企业出海表现（如腾讯 / 米哈游 / 网易）

●产业链结构

上游（引擎 / 开发工具）

中游（研发 / 发行）

下游（渠道 / 支付）

二、细分市场分析

●移动游戏

超休闲游戏增长趋势

小游戏生态现状（微信/抖音）

●主机与 PC 游戏

3A 大作开发成本对标

Steam/Epic 平台竞争

●新兴领域

云游戏技术成熟度

VR/AR 游戏落地场景

三、用户画像与行为

●核心玩家群体

Z 世代占比与付费偏好

女性玩家增长趋势

●用户行为变迁

短视频导流影响

社交属性强化（如《蛋仔派对》）

……

（注：欲知详情请扫二维码，后省略号同）

【第二次提问】

明确受众，场景，用途以及重点内容。

上述内容有些太过宽泛。现在你是一位射击类游戏产业调研人员，你需要向一家游戏公司进行总结汇报，重点聚焦在射击类游戏的美术风格和玩法介绍，市场定位以及游戏的宗旨，以及后期的盈利模式。请生成一份总结报告。

DeepSeek 回答：

射击类游戏专项调研报告

一、核心美术设计分析

1. 视觉风格趋势

● 科幻写实系

《使命召唤》光影渲染技术应用（如动态天气系统）

UE5 Nanite/Lumen 技术对场景精度提升（多边形数量 +300% 提升）

● 卡通化赛道

《Apex 英雄》低多边形建模 + 高对比度配色方案

《VALORANT》风格化角色设计（混合美漫与日系元素）

……

可行性建议

建立"赛季主题美术 – 玩法 – 付费"三位一体开发流程

开发 MOD 工具包延长产品生命周期（参考 CSGO 创意工坊）

构建跨产品枪械皮肤互通体系（需解决引擎兼容问题）

【第三次提问】

生成最终文稿，并且进行润色修改。

请根据上述内容，生成一份进行总结汇报的文字演讲稿，语言格式需要结构清晰，深入浅出，浅显易懂。

DeepSeek 回答：

以下是针对射击类游戏产业的总结汇报演讲稿，采用口语化表达与结构化逻辑设计：

尊敬的各位同事：

大家好！今天我将围绕射击类游戏的关键成功要素，从"视觉吸引力""玩法创新力""商业变现力"三个维度进行分享。所有结论均基于对 20+ 款头部产品的拆解分析，我们直接进入正题。

第一部分：抓住眼球的视觉秘诀

（切换 PPT 美术案例页）

不知道大家有没有注意到，《Apex 英雄》的角色即便在高速移动中，依然能保持鲜明的辨识度？这得益于他们的"三色原则"——每个角色主色不超过三种，且采用高对比度撞色设计。

我们再看写实赛道，《使命召唤》最新作通过 UE5 的 Nanite 技术，让单个场景的多边形数量暴涨 300%。但技术的运用不能盲目，他们在光照设计上刻意保留 15% 的阴影区域——这正好是玩家战术走位的心理安全区。

（展示用户调研数据）

根据 3000 份玩家反馈，62% 的用户表示会因为"枪械检视动作"购买皮肤。建议我们的美术团队在武器细节上增加动态元素，比如击杀计数自动铭刻功能，这已被验证能提升 28% 的皮肤复购率。

……

8.3 制作思维导图

案例说明

李先生是一名产业分析人员，需制作一份电影摄影机产品分析的思维导图，用于会议汇报。由于竞品数据庞杂，种类繁多，很难在短期进行行业总结。

技术工具

1. 利用 DeepSeek 生成思维导图框架。

2.通过使用 Xmind 进行思维导图生成。

与 DeepSeek 的交互过程

【第一次提问】

建立基础框架。

以电影摄影机产品分析为主题，生成一份简要的产品分析报告。

DeepSeek 回答：

电影摄影机产品分析报告

一、市场概况

电影摄影机市场竞争激烈，技术迭代迅速，核心需求聚焦于高分辨率、动态范围、色彩科学、便携性及后期工作流适配性。主流品牌包括 ARRI、RED、Sony、Blackmagic、Canon 等，产品线覆盖高端电影拍摄到轻量级商业制作。

二、核心产品对比分析

1. ARRI Alexa 35

●优势

动态范围：17+ 档，行业标杆，细节保留能力极强。

色彩科学：ARRI LogC4 色彩模式，肤色还原自然，后期调色空间大。

可靠性：模块化设计，适合复杂拍摄环境（如户外、长片拍摄）。

●劣势：价格高昂（机身约 $70,000），仅适合预算充足的大型项目。

适用场景：好莱坞电影、高预算广告、电视剧。

……

（注：欲知详情请扫二维码，后省略号同）

221

【第二次提问】

细化角色和语言风格，聚焦具体问题，提出新颖尝试。

我正在对电影摄影机行业进行行业分析，请帮我产出行业分析。

Capacity and Role（能力与角色）

我希望你扮演具有全球视野的行业分析师，具备以下能力：

1. 整合宏观经济指标、市场数据和前沿技术趋势

2. 识别行业发展的驱动因素和潜在风险

3. 套用 SWOT/PEST 等分析框架

4. 展现跨行业知识迁移能力

DeepSeek 回答：

电影摄影机行业深度分析报告

1. 行业概览

● 定义与分类

电影摄影机是专业影视制作的图像采集设备，按技术路径分为：

胶片摄影机（受艺术电影 / 怀旧需求驱动，占比 <5%）

数字电影摄影机（主流，占比 95%+，含全画幅、Super35 等传感器规格）

混合型设备（如 ARRI Alexa 35 的 LogC4 色彩科学融合胶片模拟功能）

● 发展阶段

行业处于技术迭代期（8K 普及、计算摄影崛起）与应用场景扩展期（短视频 / 流媒体需求激增）叠加阶段，2023 年全球市场规模约 28 亿美元（Grand View Research）。

......

【第三次提问】

将已有内容转变为生成思维导图格式。

请把这个行业分析在不改变原来内容的情况下变成思维导图，并以能导入到思维导图相关软件的格式输出，好让我复制。

 DeepSeek 回答：

电影摄影机行业分析

1. 行业概览

定义与分类

胶片摄影机

占比 <5%

艺术电影 / 怀旧需求驱动

数字电影摄影机

占比 95%+

全画幅 /Super35 传感器

混合型设备

ARRI Alexa 35 案例

LogC4 色彩科学

发展阶段

技术迭代期

8K 普及

计算摄影崛起

应用场景扩展期

短视频需求

流媒体需求

2023 年市场规模：28 亿美元（Grand View Research）

2. 市场规模

近 5 年 CAGR

2018–2023 年：8.2%

核心驱动因素

流媒体内容投资（Netflix 单机预算 $50 万）

亚太区升级需求（中国 12.4%/ 印度 9.8%）

……

后续操作：

1. 将内容粘贴进一个新建的文本文档。

2. 将文本文档修改为 .md 格式。

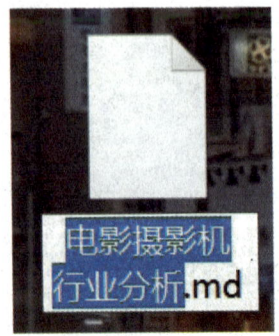

3. 打开 Xmind 网页，点击新建导图。

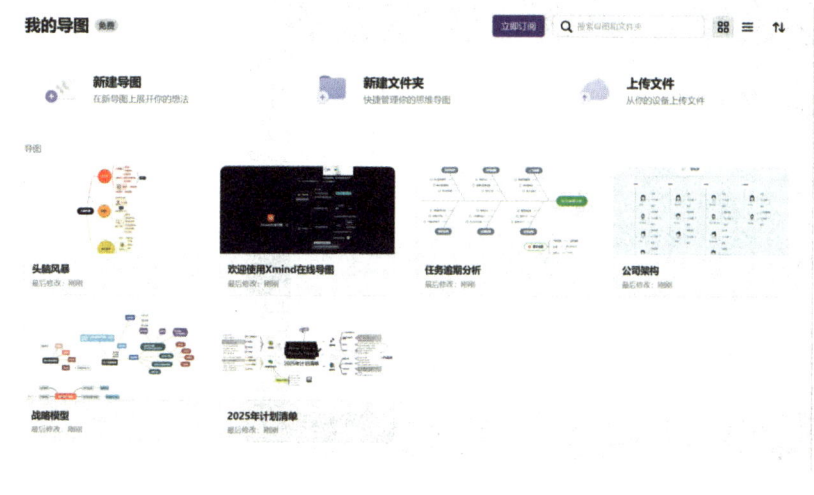

4. 选择导入文件。

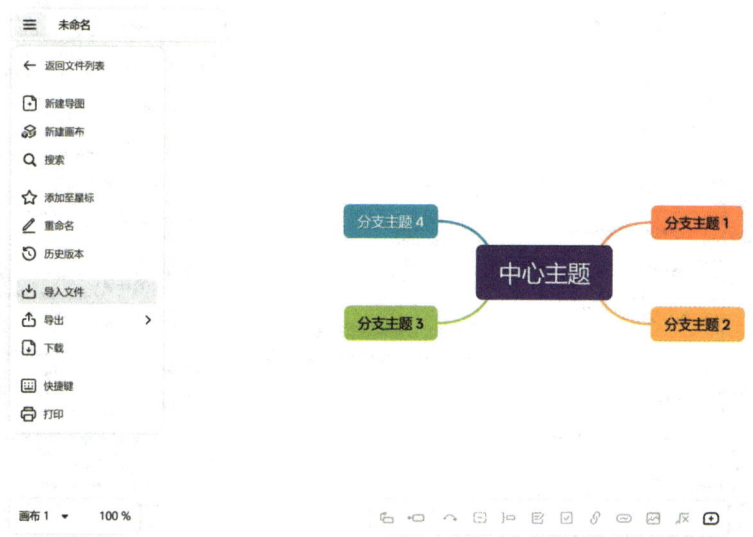

5. 导入刚才修改过的 .md 格式文件。

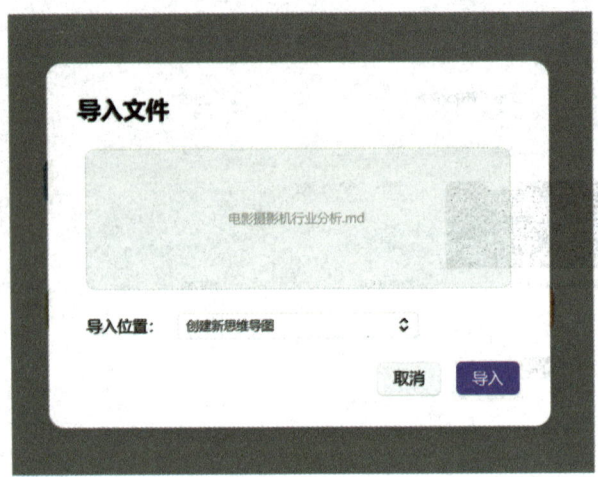

6. 成果。一份完整的思维导图就这样生成了!

8.4 撰写工作计划

案例说明

王女士现在需要完成一份电影剧组的工作计划。包括确定工作人员，时间计划与预算安排。

技术工具

利用 DeepSeek 工具表明需求，提出要求。

【第一次提问】

角色定位 + 提出要求

现在你是一名电影剧组负责计划安排的工作人员。请列出一份电影剧组工作计划的大纲。

DeepSeek 回答：

以下是电影剧组工作计划大纲的标准化模板，适用于院线电影及高标准影视项目制作：

一、前期筹备阶段（Pre-Production）

1. 项目立项

● 剧本开发（终稿锁定、版权备案）

● 制片预算 3.0 版制定（含 10% 应急储备金）

● 剧组核心架构搭建（制片组、导演组、摄影组、美术组）

2. 主创团队组建

● 签订导演、摄影指导、美术指导合同（含档期确认）

● 主创会议（至少 3 次剧本围读会 + 视觉方案研讨会）

3.演员甄选与签约

● 主配角试镜流程（含3轮选角会议）

● 演员合同谈判（档期/妆发/保险条款）

● 表演集训（视角色需求安排方言/技能培训）

......

（注：欲知详情请扫二维码，后省略号同）

【第二次提问】

内容细化、提炼

 请聚焦于预算在一万元以内的小成本剧组给出人员配置安排，场地规划和预算分配方案。

DeepSeek 回答：

以下是为预算一万元人民币的小成本剧组量身定制的实操方案（基于学生短片/独立电影创作场景）：

一、人员配置（总预算约4000元）

1.核心团队（必选岗位）

导演/编剧/制片（1人，兼任三职）

● 摄影师（1人，需自备相机设备）

● 录音师（1人，手机+外接麦克风）

● 场务（2人，负责灯光/道具搬运）

2.演员配置

● 主角（1-2人，无片酬友情出演）

● 配角（3-4人，剧组人员客串）

......

【第三次提问】

文本优化

请根据以上内容生成一份拍摄时间在五天内，聚焦于大学生生活题材的低成本学生电影的工作计划。要求是语言风格通俗易懂，结构清晰。

 DeepSeek 回答：

五天拍完！大学生校园微电影实操计划表

（适合 1 万元预算，聚焦宿舍 / 课堂 / 社团生活）

Day 0：筹备冲刺日

（正式开拍前一天，全员集合准备）

1. 上午 9:00–12:00

●设备大检查

手机 / 相机：测试 4K 拍摄、电量满格

录音：用耳机试听手机录音效果（避开空调杂音）

灯光：用台灯 + 白床单测试宿舍打光

●场景改造

宿舍布置：整理出"学霸桌"和"懒人区"对比

借教室：向辅导员申请空教室半天使用权

●演员彩排

走位练习：用粉笔在地上标记站位点

服装确认：选日常 T 恤 / 卫衣（避免条纹衣服显屏闪）

2. 下午 2:00–5:00

●拍摄清单

打印 10 份纸质剧本（标注重点台词）

手机备忘录列道具清单：水杯 / 书包 / 社团招新海报

●物资采购

小超市扫货：速溶咖啡 10 包（熬夜戏道具）

二手平台租借：单反相机稳定器（50 元 / 天）

●安全须知

组建微信群【×× 剧组急救站】

备医药包：创可贴 + 退烧贴 + 金嗓子喉宝

Day 1：宿舍日戏

（主拍室友矛盾爆发戏）

● 7:00 场务到宿舍挂白床单（当反光板）

● 8:30–12:00

镜头 1 晨起抢卫生间（用 GoPro 拍第一视角）

镜头 2 书桌争执戏（重点拍手机特写：微信吵架界面）

● 13:30–17:00

镜头 3 阳台谈心戏（下午 3 点顺光拍摄）

重点提醒：

用外卖塑料袋录音时垫在手机下防摩擦声

避开楼上装修时段（提前打听施工时间）

……

进阶用法：通过上传现有剧本和人员安排进一步制定工作计划。

通过 DeepSeek 的 gon 工作计划制定，能够让工作人员快速了解工作计划流程，并且结合实际案例进行深化改进。

8.5 工作复盘

案例说明

产品经理张先生需要对一家家用电器网店的双十一促销活动进行工作复盘总结，并提出改进计划。

技术工具

1. 利用 DeepSeek 生成结构化复盘框架。

2. 上传数据，通过已有数据提供分析报告，提出建议。

【第一次提问】

建立框架 + 工作复盘主题

请生成一份针对双十一促销活动一家网店平台分析人员的工作复盘报告模板。

DeepSeek 回答：

以下是一份针对双十一促销活动的网店平台分析人员工作复盘报告模板。

双十一促销活动复盘报告

复盘周期：YYYY/MM/DD – YYYY/MM/DD

复盘日期：YYYY/MM/DD

复盘人员：[分析团队 / 负责人姓名]

一、活动目标回顾

1.1 预设 KPI 指标

销售额目标：实际达成 ×× 万元（完成率 ××%）

流量目标：UV 达成 ×× 万（同比增长 ××%）

转化率目标：整体转化率 ××%（较日常提升 x.×%）

用户增长目标：新增注册用户 ×× 万（留存率 ××%）

1.2 核心战略定位

主打品类策略：[例：家电类占比 45%，美妆类占比 30%]

差异化竞争点：[例：独家预售机制 / 会员专享补贴]

……

（注：欲知详情请扫二维码，后省略号同）

231

【第二次提问】

细化行业，明确需求。

请将分析报告聚焦在家电行业之中，产品聚焦于冰箱、洗衣机和微波炉三个品类，请根据此信息生成一份工作复盘报告模板。

 DeepSeek 回答：

双十一家电品类促销复盘报告

聚焦品类：冰箱 / 洗衣机 / 微波炉

复盘周期：YYYY/MM/DD – YYYY/MM/DD

数据范围：平台家电频道及关联子类目

一、品类战略落地评估

1.1 核心 KPI 达成

品类	销售额目标	实际完成	完成率	重点单品达标率
冰箱	1.2 亿	1.05 亿	875%	TOP3 型号均超 120%
洗衣机	0.8 亿	0.72 亿	90%	滚筒类完成率 103%
微波炉	0.3 亿	0.35 亿	117%	智能款占比 65%

1.2 差异化策略

冰箱：主推"超薄嵌入式"概念（占品类 GMV 48%）

洗衣机：强化"以旧换新补贴"（带动 35% 增量订单）

微波炉：捆绑"厨房小件套组"（提升客单价 37%）

……

【第三次提问】

通过提供相关店铺具体数据（包括平日销售情况，不同年份双十一促销活动销售情况）进行对比，在条件支持的情况下，可以进一步与竞品店铺的数据进行分析比较，由此得出一份详细的工作复盘报告。（因数据的保密原因此处暂不给出示范）

8.6　一键生成海报

案例说明

某出版社新出版的一本《红楼梦》的图书，想在世界读书日宣传的该图书，要出一个宣传海报"。

技术工具

1. 利用 DeepSeek 平台的对话交互功能，先提出自己的需求，确定好自己需要设计的角色、主题与目标、风格要求，做出一个方案。

2. 利用即梦 AI 生成海报。

【第一步】按提问框架填写自己可以补充的内容及自己的特殊需求（没有数据或特殊需求的项目，可以删除这个提问的板块项目）。

提问公式：角色 + 主题与目标 + 风格要求

角色：我是一个海报设计师

主题与目标：我要设计一个在世界读书日推广《红楼梦》的营销海报

风格要求：要结合红楼梦小说的风格，需要高级风格，给三个方案。

DeepSeek 回答:

方案一:红楼霓裳·经典传承

●主题概念

以《红楼梦》服饰文化为切入点,构建服饰演变与经典阅读的时空对话。

●视觉设计

色彩体系:采用霁红(贾宝玉雀金裘)与鸦青(王熙凤貂鼠褂)为主色调,书籍展示区设计成鎏金衣箱造型,箱体开启处陈列实体书

●核心元素

背景采用绢帛纹理叠加十二钗服饰纹样烫金暗纹,中央悬浮立体刺绣《红楼梦》书封

左侧设置垂直时间轴:从清代旗装到现代汉服的元素解构,终点指向实体书立体展示台

●交互设计

扫描服饰纹样可触发AR试穿(需配合MAKA设计网的动态模板技术)

书籍展示区采用多层UV工艺,触摸不同位置呈现不同人物经典语录浮刻

●材质工艺

实体海报建议使用提花绸缎 + 烫彩工艺,电子版适配服饰飘带动效

书籍展示位占画面28%,以45°倾斜呈现典藏版与文创版对比陈列

方案二:诗境叠影·墨韵生香

●主题概念

截取经典诗句构建立体书卷空间,打造沉浸式诗词阅读体验。

●视觉设计

●视觉架构

背景为动态宣纸纹理,主视觉采用三重立体书页设计:

1.前景:曹雪芹手稿影印件("满纸荒唐言"诗句局部)

2. 中景：实体书悬浮于砚台状展台，书页延伸出大观园水墨长卷

3. 背景：金陵十二钗剪影与对应判词书法交叠

●动态效果

电子版设计花瓣飘落路径算法，模拟"黛玉葬花"场景

扫描诗句触发 AI 语音朗诵（参考创客贴的智能设计功能）

●功能融合

书籍展示区占比 30%，采用古籍函套造型设计

设置"诗眼"交互点：点击"寒塘渡鹤影"等名句可展开诗词解析动画

方案三：园冶书韵·移步换景

⋯⋯

【第二步】选择适合的方案，粘贴到即梦网站 AI 作图的图片生成对话框中。

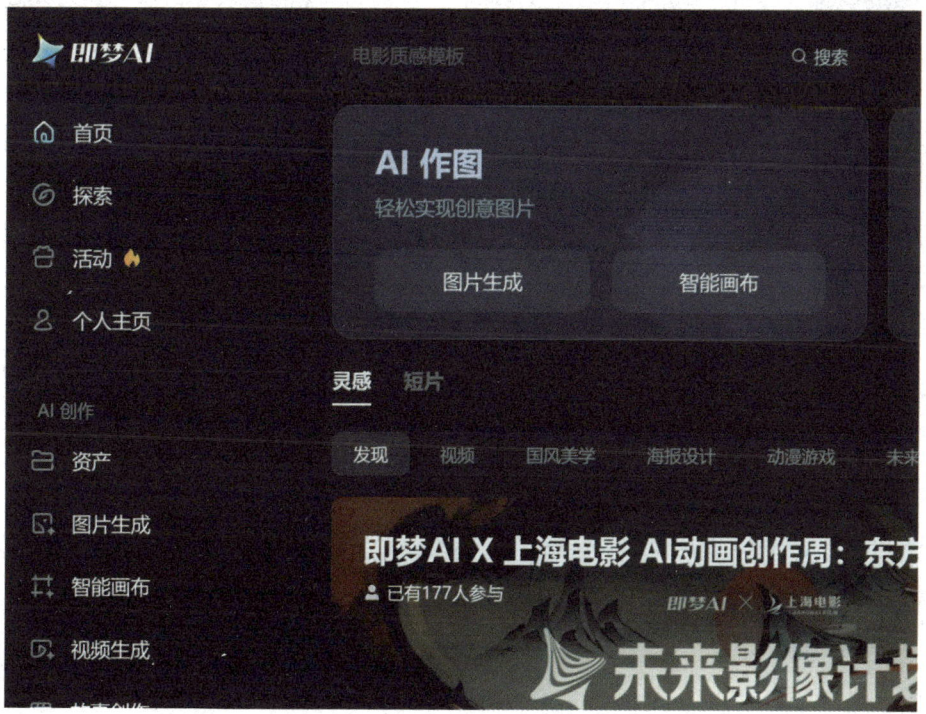

【第三步】选择适合的海报风格，进行修改即可。

第四部分

提问技巧及本地智能搭建

第九章　提问技巧

9.1 **如何提出清晰、明确的问题**

在使用 DeepSeek AI 等对话工具时，提问的详细度直接影响回答的质量。由于 AI 依赖用户提供的上下文和关键词进行推理，模糊、笼统或不完整的问题可能导致答案偏离需求。例如，直接提问"如何学习编程"范围过广，而明确提问"如何用 Python 在 3 个月内掌握数据分析"则更容易获得针对性建议。

提问公式：SCOPE 法则

 为提高问题明确性，可遵循 SCOPE 法则结构化提问：

1.S（Scenario 场景）：说明问题的背景或使用场景。

2.C（Context 上下文）：补充相关细节（如领域、工具、限制条件）。

3.O（Objective 目标）：明确希望实现的具体目标。

4.P（Preference 偏好）：指定格式、深度或风格偏好（如"分点回答""举例说明"）。

5.E（Example 示例）：提供示例或反例，帮助 AI 理解需求。

示例公式：

"在[场景]下，我需要解决[具体问题]。已知[背景信息]，目标是[具体目标]。请以[格式/风格]提供建议，例如[示例]。"

DeepSeek 回答：

使用技巧与案例

技巧 1：分点清晰化

● 模糊提问："如何提高英语？"

● 清晰提问：

"作为职场新人（场景），我需要在 3 个月内提升商务英语写作能力（目标）。目前词汇量一般，需重点学习邮件和报告写作（上下文）。请制订包含详细步骤的学习计划，并推荐适合的书籍或工具（偏好）。"

技巧 2：避免用开放式词汇

● 模糊提问："推荐一些好用的软件。"

● 清晰提问：

"我需要选择一款支持多人协作的国产项目管理软件（场景），适用于 10 人以内团队（上下文），预算不超过 500 元 / 月（限制条件）。请推荐 3 个选项，并对比功能和用户评价（偏好）。"

技巧 3：逐步细化问题

● 初级提问："如何做用户调研？"

● 细化提问：

"我在设计一款健身类 App（场景），想通过用户调研验证核心功能需求（目标）。目标用户是 25–35 岁的上班族（上下文）。请提供一份包含 5 个关键问题的问卷模板，并说明如何分析数据（偏好）。"

技巧 4：明确需求边界

● 模糊提问："解释机器学习。"

● 明确提问：

"我是市场营销从业者（场景），想了解机器学习如何应用于客户分群（目标）。请用非技术语言解释核心概念，并列举一个电商行业的应用案例（偏好）。"

总结

通过结构化描述背景（SCOPE）+ 具体需求 + 明确格式要求，能显著提升 AI 回答的精准度。若初次回答未完全匹配需求，可进一步补充细节（如"请扩展第二点的具体步骤"），逐步优化结果。

9.2 如何使用关键词和限定词

在通过 DeepSeek AI 对话时，关键词和限定词是精准控制回答方向的核心工具。

提问公式：K-FOCUS 法则

 通过关键词（Key Words）+ 限定词（FOCUS）结构化提问：

1.F（Field 领域）：限定领域/行业（如"金融""教育科技"）。

2.O（Object 对象）：明确目标对象（如"小学生""初创企业"）。

3.C（Condition 条件）：添加时间、预算、技能水平等限制。

4.U（Usage 用途）：说明具体用途（如"论文写作""商业计划书"）。

5.S（Style 风格）：指定回答格式或风格（如"分点罗列""比喻解释"）。

示例公式：

"关于[关键词]，请提供[领域/场景]的[限定条件1][限定条件2]……的建议，例如[示例]。"

DeepSeek 回答：

使用技巧与案例

技巧 1：关键词精准化

● 模糊提问："如何学习英语？"

● 优化提问：

"如何通过关键词：沉浸式学习法，在限定条件：6 个月、每天 1 小时内提升英语听力？"

（AI 会聚焦"沉浸式学习法"，并给出时间规划）

技巧 2：限定词分层叠加

● 初级提问："如何写简历？"

● 优化提问：

"针对领域：想要应聘互联网产品经理，为对象：3 年经验转行者，写一份风格：简洁、数据驱动型简历，需突出关键词：用户增长项目。"

（限定行业、经验、风格和核心能力，回答更贴合需求）

技巧 3：用否定词排除干扰

● 模糊提问："推荐一款数据分析工具。"

● 优化提问：

"推荐领域：电商行业使用的数据分析工具，排除：需要编程技能的工具，条件：支持免费试用、有中文文档。"

（通过"排除"过滤需求外选项）

技巧 4：结合身份 / 场景限定

● 模糊提问："如何降低员工流失率？"

● 优化提问：

"作为对象：50 人以下的跨境电商初创公司，在条件：预算有限、远程办公情况下，如何通过关键词：员工激励降低流失率？"

（限定企业规模、条件和关键词，增强可行性、针对性）

经典案例对比

案例 1：学习类提问

●模糊："如何入门 Python？"

●优化："关键词：Python 自动化办公，对象：零基础文科生，条件：每天学习 30 分钟，请提供 3 个月学习计划。"

案例 2：推荐类提问

●模糊："推荐心理学书籍。"

●优化："推荐领域：职场沟通相关的心理学书籍，条件：适合非专业读者，风格：案例多、通俗易懂。"

案例 3：概念解释

●模糊："什么是区块链？"

●优化："用比喻和生活案例解释区块链，对象：中学生，关键词：去中心化。"

总结

●核心公式："精准关键词＋分层限定词"（如领域、对象、条件）。

●进阶技巧：

i.用"排除""对比""优先级"等词进一步聚焦（如"排除理论内容，侧重实操步骤"）；

ii.对复杂问题拆分多轮提问，逐步添加关键词和限定词。

通过明确"要什么"和"不要什么"，可大幅减少 AI 的猜测空间，获得更高效的解决方案。

9.3　如何引导 AI 工具生成更准确的答案

DeepSeek AI 的答案质量高度依赖用户的引导方式。由于 AI 基于输入信息进行模式匹配和推理，若用户仅提供模糊问题或未及时纠正偏差，可能导致回答偏离预期。例如，提问"如何写一篇好文章？"可能得到泛泛而谈的建议，但通过分步引导（如明确主题、受众、风格要求），AI 能逐步输出更贴合需求的方案。

提问公式：GUIDE 法则

通过渐进式引导（Gradual Guidance）和精准修正（Iterative Refinement）提升答案准确性，可遵循以下结构：

1.G（Goal 目标）：明确核心需求（如"设计营销方案""调试代码"）。

2.U（Unpack 拆分）：将复杂问题拆解为多个子问题（如"先解释概念→再列举步骤→最后分析案例"）。

3.I（Input 输入）：提供必要的背景信息（如数据、样例、限制条件）。

4.D（Direct 指令）：用明确指令控制方向（如"对比 A 和 B 的优缺点""修正第三点的逻辑漏洞"）。

5.E（Evaluate 评估）：对 AI 回答给予反馈（如"答案太理论，请补充实操步骤"）。

示例公式：

"我的目标是 [具体目标]，当前问题涉及 [背景]。请先解释 [子问题 1]，再提供 [子问题 2] 的解决方案。要求 [格式 / 风格]，例如 [示例]。"

DeepSeek 回答：

使用技巧与案例

技巧 1：分步提问法

●初级提问："如何做好短视频运营？"

分步引导：

→第一步："请列出食品行业抖音账号运营的 3 个核心策略。"

→第二步："针对第二步'内容创意'，请提供 5 个适合早餐麦片的视频选题。"

→第三步："假设预算每月 2000 元，如何分配投流和原创制作的资源？"

（通过拆分问题，逐层细化答案）

技巧 2：提供"参考答案"

●模糊提问："如何写会议纪要？"

●优化提问：

"请根据以下会议片段编写纪要，要求突出技术部门的需求，并按'结论—行动计划—责任人'格式呈现：

[附会议记录]

参考样例：

结论：确定 Q3 上线新功能；

行动计划：6 月前完成原型设计（责任人：张某）。"

技巧 3：用对比指令聚焦差异

●低效提问："Python 和 Java 哪个好？"

●高效引导：

"从学习成本、开发效率、就业方向三个维度，对比 Python 和 Java 对转行程序员的影响，用表格呈现。"

技巧 4：即时修正偏差

●场景：AI 回答"用户增长策略"时过度强调广告投放。

●修正指令："请减少广告相关建议，侧重'社群运营'和'口碑裂变'的具体方法，并补充教育行业案例。"

经典案例解析

案例 1：技术问题调试

● 初始提问："我的 Python 代码报错了。"

● 优化引导：

i. "提供完整报错信息与代码片段。"

ii. 追加指令："请逐行分析可能出错的位置，优先检查第 15 行的循环逻辑。"

iii. 二次修正："根据建议修改后仍存在类型错误，请提供调试建议。"

案例 2：学术研究支持

● 模糊提问："帮我分析气候变化数据。"

● 分步引导：

i. "请整理近十年全球气温异常值数据，用折线图展示趋势。"

ii. "对比欧洲与亚洲同期数据差异，分析统计显著性（$p < 0.05$）。"

iii. "用 APA 格式输出分析结果，附 Python 数据处理代码。"

案例 3：商业决策咨询

● 初级提问："要不要开拓东南亚市场？"

● 深度引导：

i. "请列出 2023 年东南亚跨境电商的市场规模、增长率及政策风险。"

ii. "假设主营品类是智能家居设备，分析越南、泰国、马来西亚的优先级排序。"

iii. "根据以上分析，制定包含 3 个关键步骤的市场进入策略。"

总结

核心原则：

1. 引导 AI：明确任务目标→拆解步骤→提供样例→即时反馈。

2. 利用 AI 的"记忆力"：通过多轮对话逐步完善上下文（如"接上文，第三种方案的 ROI 如何计算？"）。

3. 善用角色指令：通过身份限定提升专业性（如"假设你是资深数据分析师，请评估以下模型"）。

关键口诀：

"目标不清就拆分，答案偏差马上改；样例数据给到位，对比指令出真知。"

第十章　本地智能体搭建

DeepSeek 在线版本通常需要网络访问，在使用人数较多时可能出现服务器繁忙等问题。在本地部署可以更便捷地使用 DeepSeek 模型。我们将介绍基于 Windows 系统和 Linux 系统对 DeepSeek 模型进行部署的两种方式。

10.1 DeepSeek 本地部署指南（基于 Windows 系统）

一、硬件要求与准备

（一）最低配置：

1.GPU：NVIDIA GTX 1080（8GB 显存），支持 FP16 计算和 CUDA。

2.CPU：4 核以上（如 Intel i5 或 AMD Ryzen 5）。

3. 内存：16GB DDR4。

4. 存储：20GB 以上固态硬盘（SSD）。

（二）推荐配置：

1.GPU：RTX 3060（12GB 显存）或更高（如 RTX 4090）。

2. 内存：32GB DDR5，提升多任务处理能力。

3. 存储：1TB NVMe SSD，加速模型加载。

量化技术：通过 4-bit/8-bit 量化降低显存占用（如 7B 模型从 13GB 压缩至 4.2GB），但精度损失约 8%。

二、部署步骤

（一）安装 Ollama 框架

Ollama（https://ollama.com/）是一个开源的大型语言模型（LLM）本地化

部署与管理工具，旨在简化大模型在本地环境中的运行流程。它由 Meta 公司（原 Facebook）开发，支持用户通过命令行快速下载、部署和管理多种开源模型（如 Llama、DeepSeek、Qwen 等），无需依赖云计算资源即可在个人计算机或服务器上实现高效推理。本节我们借助 Ollama 框架进行 DeepSeek 模型部署。

1. 下载安装包

访问 Ollama 官网，选择 Windows 版本下载并双击安装。

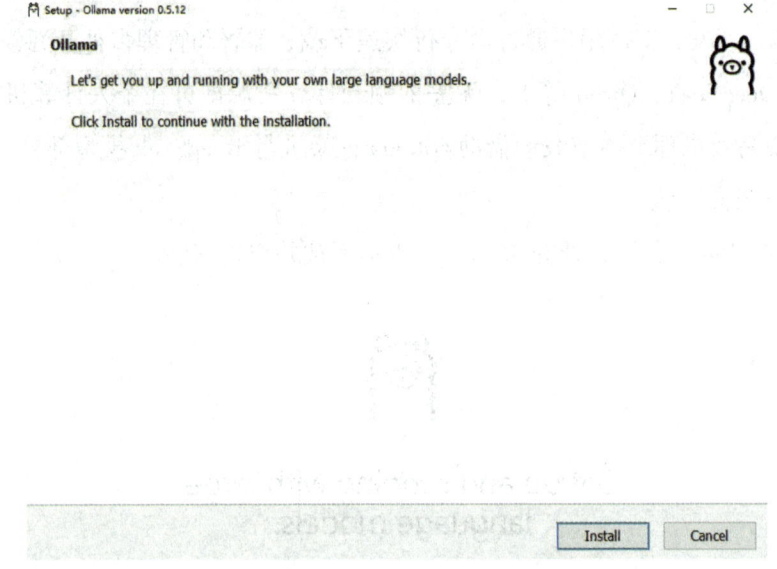

2. 验证安装

打开 PowerShell（管理员权限），输入 ollama --version，显示版本号即成功。

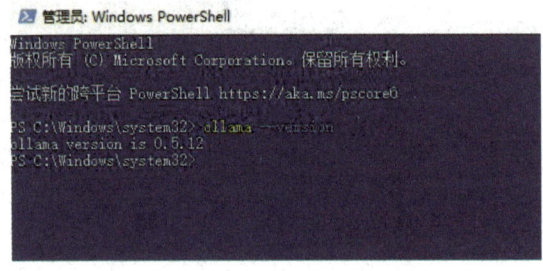

（二）下载 DeepSeek 模型

1. 选择模型版本

低显存用户：deepseek-r1:7b（4-bit 量化版，显存需求约 4.2GB）。

高性能用户：deepseek-r1:14b（需 9GB 存储，显存 ≥ 12GB）。

2. 执行下载命令

在 PowerShell 中运行：

ollama run deepseek-r1:7b （修改参数大小并下载对应版本）

下载进度条完成后，模型自动加载至默认目录（C:\Users\< 用户名

>\.ollama\models）。

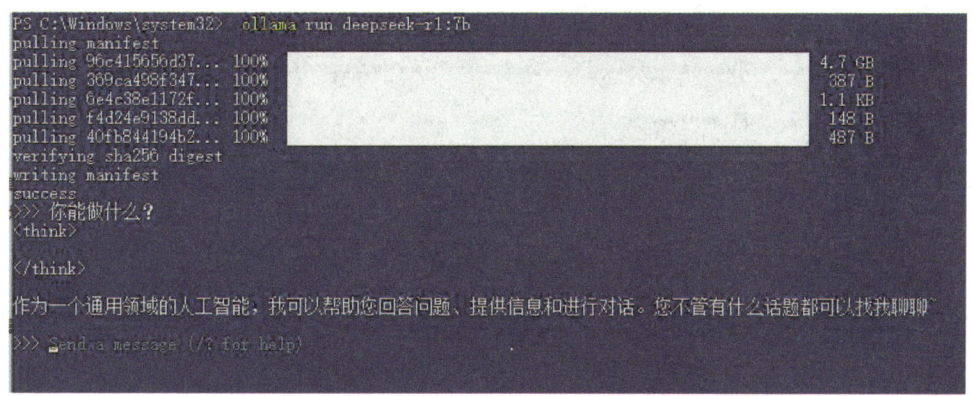

（三）安装交互界面

浏览器插件（推荐）：

1. 安装 Edge/Chrome 的 Page Assist 插件。

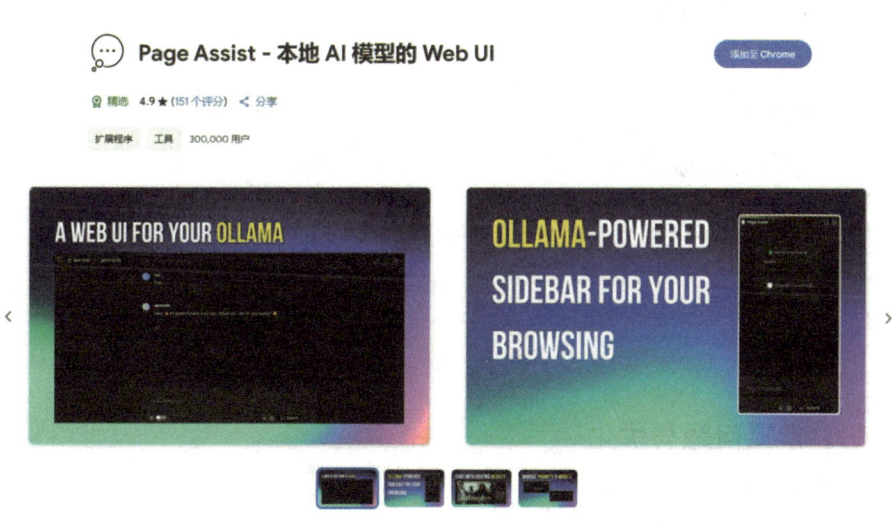

2. 在插件设置中选择模型。

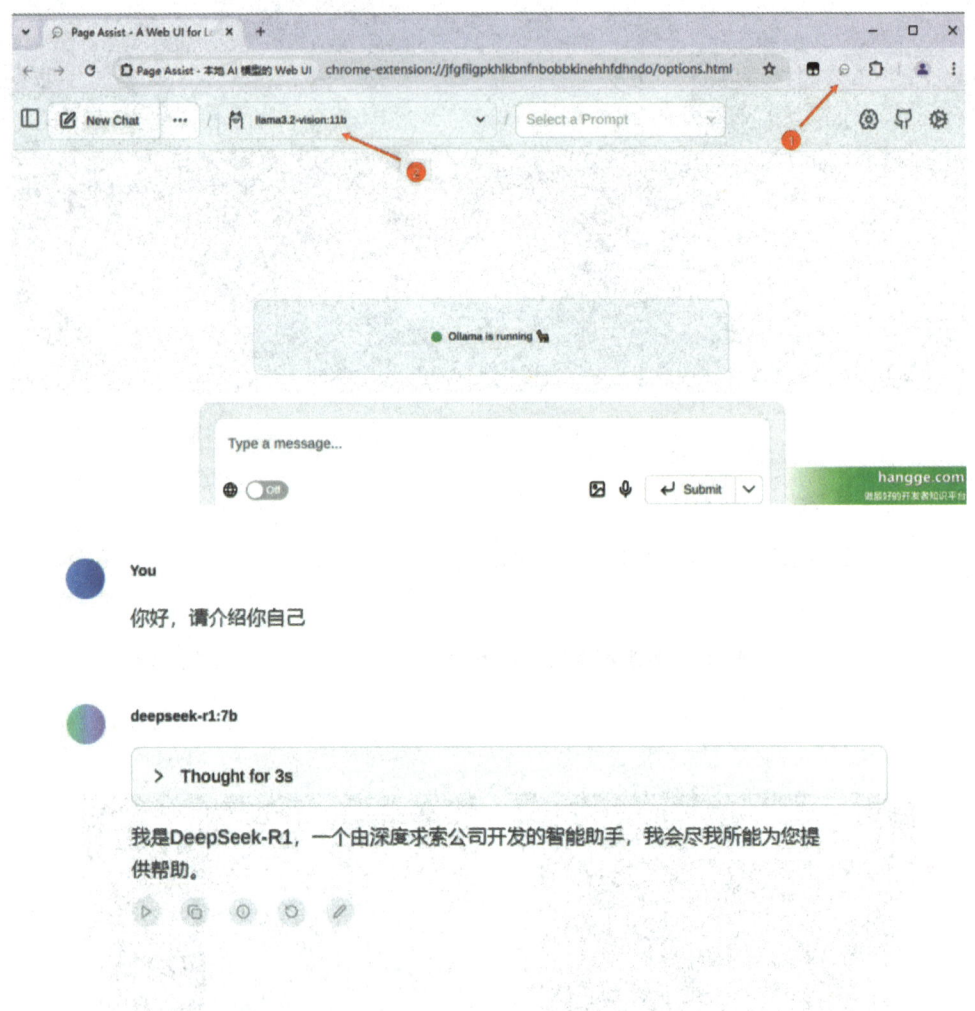

三、常见问题与优化

1. 显存不足

启用 4-bit 量化：运行 ollama run deepseek-r1:7b --quantize q4_0。

关闭后台占用显存的程序（如游戏、设计软件）。

2. 生成速度慢

升级至 RTX 30/40 系显卡，提升 CUDA 核心数。

使用 --stream 参数实现流式响应（减少等待时间）。

3. 模型崩溃

检查显存占用（任务管理器→GPU 性能监控）。

降低输入文本长度或切换至更小模型。

四、替代方案（小白友好）

1.迅游加速器一键部署

下载迅游加速器，搜索"DeepSeek"并选择模型，点击"一键部署"自动完成环境配置。

2.GPT4all 工具

下载安装后选择 DeepSeek 模型，无需命令行操作即可使用图形界面（适合教师或非技术用户）。

附：硬件升级建议

用途	推荐配置	适用场景
基础问答	RTX 3060 + 16GB内存	文档摘要、轻量代码生成
多轮对话	RTX 4080 + 32GB DDR5	复杂推理、教学辅助
企业级应用	调用DeepSeek云端API	高并发、低延迟需求

10.2 DeepSeek 本地部署指南（基于 Linux 服务器）

一、环境准备

1.硬件要求

显存需求：根据模型参数量选择硬件。例如，32B 模型在 4-bit 量化下需约 22GB 显存（推荐 RTX 4090 显卡）；70B 模型需更高配置。

操作系统：推荐 Ubuntu 20.04 或更高版本。

2.模型选择

参考 DeepSeek-R1 蒸馏模型列表，根据场景选择模型（如 1.5B 适合移动设备，32B 适合专业问答系统）。

模型名称	参数量	基础架构	适用场景
DeepSeek−R1−Distill−Qwen−1.5B	1.5B	Qwen2.5	适合移动设备或资源受限的终端
DeepSeek−R1−Distill−Qwen−7B	7B	Qwen2.5	适合普通文本生成工具
DeepSeek−R1−Distill−Llama−8B	8B	Llama3.1	适合小型企业日常文本处理
DeepSeek−R1−Distill−Qwen−14B	14B	Qwen2.5	适合桌面级应用
DeepSeek−R1−Distill−Qwen−32B	32B	Qwen2.5	适合专业领域知识问答系统
DeepSeek−R1−Distill−Llama−70B	70B	Llama3.3	适合科研、学术研究等高要求场景

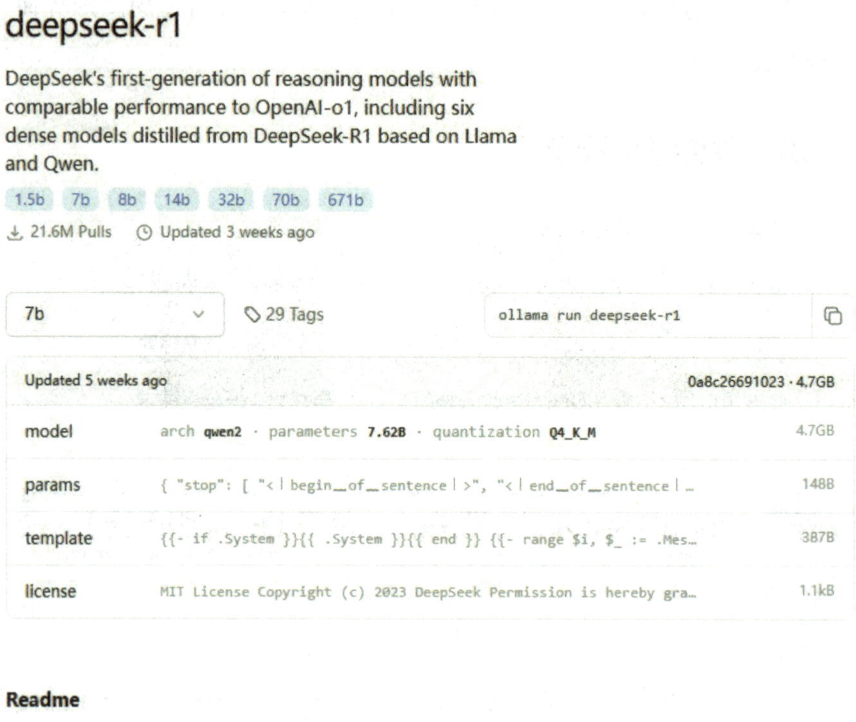

deepseek-r1

DeepSeek's first-generation of reasoning models with comparable performance to OpenAI-o1, including six dense models distilled from DeepSeek-R1 based on Llama and Qwen.

1.5b 7b 8b 14b 32b 70b 671b

⬇ 21.6M Pulls · ⏱ Updated 3 weeks ago

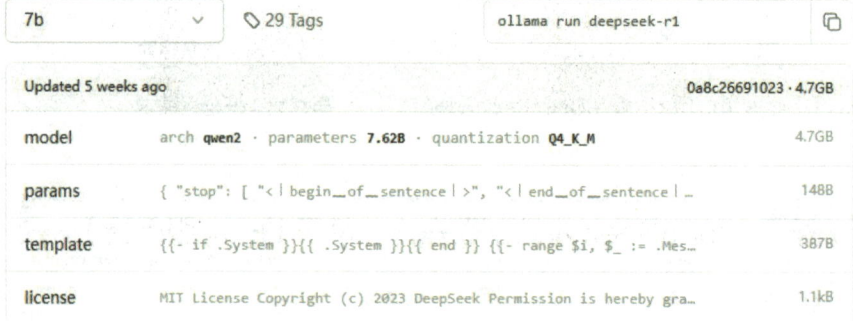

7b ∨	⬦ 29 Tags		ollama run deepseek-r1	⎘

Updated 5 weeks ago		0a8c26691023 · 4.7GB
model	arch qwen2 · parameters 7.62B · quantization Q4_K_M	4.7GB
params	{ "stop": ["<|begin_of_sentence|>", "<|end_of_sentence|_	148B
template	{{- if .System }}{{ .System }}{{ end }} {{- range $i, $_ := .Mes…	387B
license	MIT License Copyright (c) 2023 DeepSeek Permission is hereby gra…	1.1kB

Readme

二、安装 Ollama 框架

1. 安装命令

```
1. curl -sSfL https://ollama.com/install.sh | sh
```

2. 验证安装

```
1. ollama --version
```

三、下载并运行 DeepSeek 模型

● **下载模型**：

```
1. ollama run deepseek-r1:32b  # 下载 32B 版本
```

该命令会启动 DeepSeek-R1 模型，并启动一个交互式终端，用户可以在这里输入问题与模型进行对话，模型会根据问题进行回答。

10.3 远程访问配置

一、环境准备

1. 确保 Ollama 服务已部署

需完成 DeepSeek 模型的本地部署并启动 Ollama 服务。若需远程访问，需设置环境变量：

```
1. export OLLAMA_HOST=0.0.0.0  # 允许远程连接
```

重启服务后开放防火墙端口（默认 11434）：

```
1. sudo ufw allow 11434/tcp && sudo ufw reload
```

2. 安装 Docker

Open Web UI 基于 Docker 运行，需先安装 Docker：

- **Windows/macOS**：从官网下载安装包并完成图形化安装。
- **Linux**：使用包管理器安装（如 Ubuntu）：

```
1. sudo apt-get install docker.io
```

二、安装 Open Web UI

1. 启动 Docker 容器

执行以下命令拉取镜像并启动服务（支持 GPU 加速需添加 `--gpus all` 参数）：

```
1. docker run -d -p 3000:8080 \
2.   --add-host=host.docker.internal:host-gateway \
3.   -v open-webui:/app/backend/data \
4.   --name open-webui \
5.   --restart always \
6.   ghcr.io/open-webui/open-webui:main
```

- `-p 3000:8080`：将容器端口 8080 映射到本地 3000 端口。
- `-v`：挂载数据卷以持久化配置和聊天记录。

2. 验证容器状态

运行 docker ps 检查容器是否处于运行状态（Status 显示 Up 即成功）。

三、配置 Open Web UI

1. 访问 Web 界面

浏览器输入 http://< 服务器 IP>:3000，首次访问需创建管理员账户（用户名和密码）。

开始使用 Open WebUI

① Open WebUI 不会与外部建立任何连接，您的数据会安全地存储
在本地托管的服务器上。

名称
输入您的名称

电子邮箱
输入您的电子邮箱

密码
输入您的密码

创建管理员账号

2.绑定 Ollama 服务

在 Open Web UI 设置页面：

Ollama 地址：填写服务器 IP 及端口（如 http://192.168.1.100:11434）。

模型选择: 从下拉列表中选择已部署的 DeepSeek 模型(如 deepseek-r1:7b)。

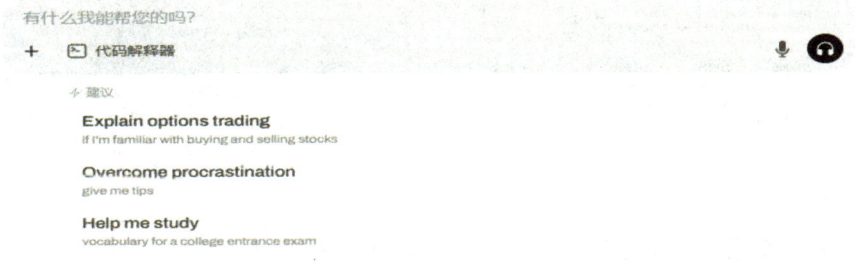

ᴏɪ 您好，morii

有什么我能帮您的吗？

＋　▣ 代码解释器

↯ 建议

Explain options trading
if I'm familiar with buying and selling stocks

Overcome procrastination
give me tips

Help me study
vocabulary for a college entrance exam

3.API 集成

Open Web UI 提供 REST API(端口 3000)，可与其他工具(如 VS Code 插件、自动化脚本)集成。

四、常见问题与解决

问题现象	解决方法
无法连接 Ollama 服务	检查 `OLLAMA_HOST` 配置及防火墙规则，确保端口 11434 开放
页面加载缓慢	关闭不必要的 Docker 容器，或升级服务器硬件配置（如增加内存）
模型未显示在列表	在 Ollama 中重新拉取模型（ `ollama pull deepseek-r1:7b` ）
生成内容不准确	优化提示词（如明确指定风格、长度），或切换更高参数量的模型

通过以上步骤，可高效利用 Open Web UI 实现与 DeepSeek 的交互。

10.4 智能体搭建教程

以下是基于多个平台的使用 DeepSeek 搭建智能体的详细流程，综合了支付宝百宝箱、Coze 平台等不同场景的实践方法。

一、通过支付宝百宝箱搭建 DeepSeek 智能体（推荐）

1. 注册与登录

（1）访问支付宝百宝箱平台（https://tbox.alipay.com/），选择"专业版"以使用完整功能。

（2）使用支付宝账号登录，进入智能体开发界面。

2. 创建智能体应用

新建应用：点击"创建应用"，选择"对话型"或"工作流型"应用类型。例如，创建"旅行规划助手"。

填写基本信息：输入应用名称、简介，并选择图标（可 AI 生成或自定义）。

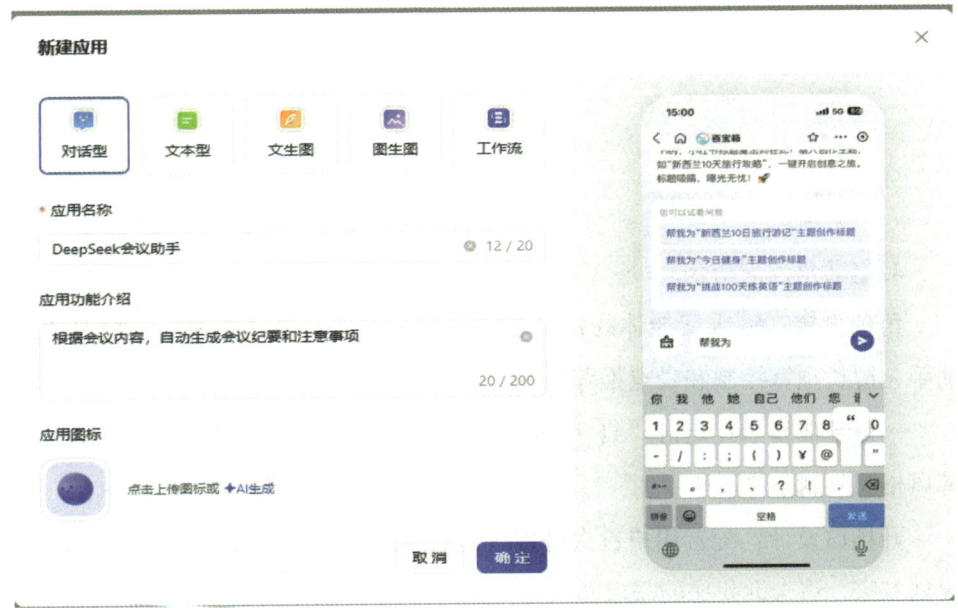

3. 配置核心模型

选择模型：在"模型配置"中选择 DeepSeek-R1 满血版（支持无额度限制的推理能力）或其他蒸馏版本（如 32B/7B 加速版）。

参数调整：设置最大生成长度（建议 4096）、温度值（控制创造性，默认 0.7）等。

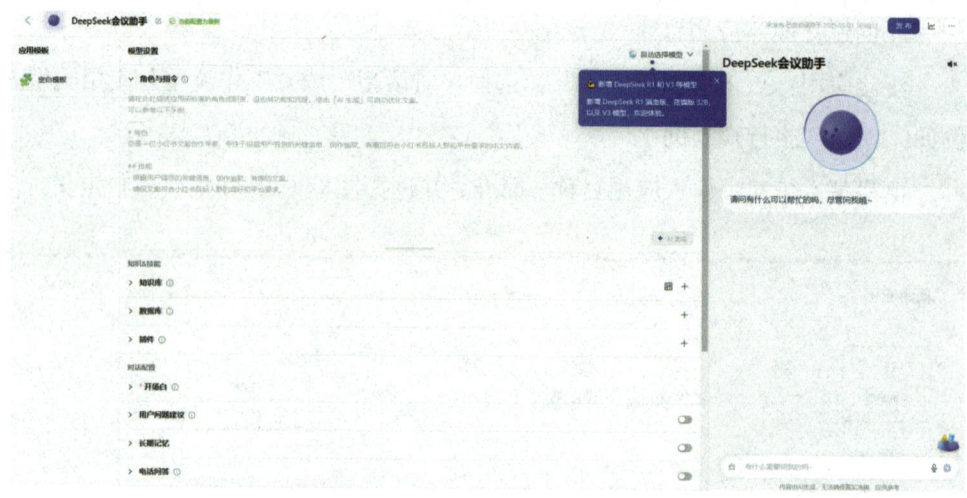

4.定义角色与指令

角色设定：输入智能体的核心功能描述，例如"精通全球旅行攻略的 AI 助手，擅长预算控制和景点推荐"。

一键生成指令：点击"AI 生成"按钮，系统自动生成详细的角色背景、回答风格及限制条件。

开场白设计：配置用户首次进入时的欢迎语，例如"您好，我是您的旅行规划专家，请告诉我您的需求和预算！"

5.集成工作流（可选）

添加工作流节点：若需联网搜索（如获取实时机票价格），可搭建以下流程：

●关键词抽取：接入豆包通用模型 Pro 版，从用户提问中提取搜索关键词（如"五一日本机票价格"）。

●必应搜索节点：将关键词输入必应 API，获取实时数据。

● DeepSeek-R1 解析：模型整合搜索结果并生成结构化回复。

6.测试与发布

实时调试：在右侧预览界面输入测试问题（如"会议的核心内容有哪些？"），查看模型响应是否符合预期。

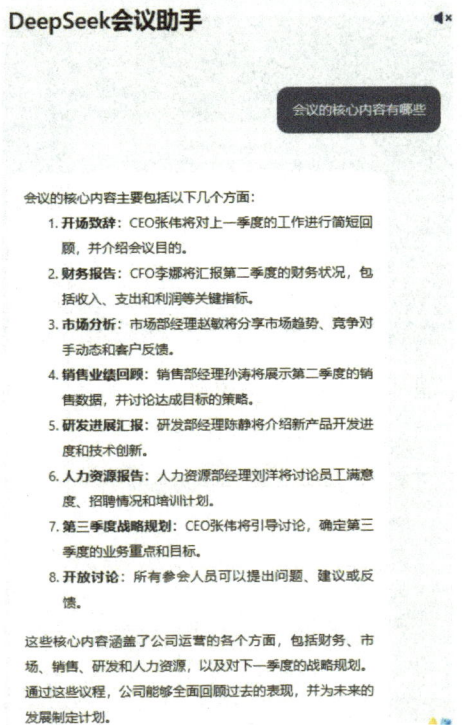

发布应用：点击"发布"，生成二维码或链接，用户可通过支付宝扫码直接体验。

二、通过 Coze 平台搭建联网版智能体（快速实现）

1. 创建智能体

（1）访问 Coze 官网（https://www.coze.cn/），点击"创建智能体"，选择"对话流模式"。

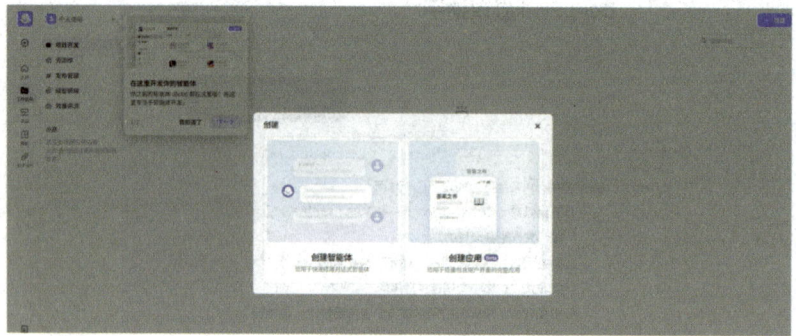

（2）输入名称（如"DeepSeek 会议助手"）和功能描述。

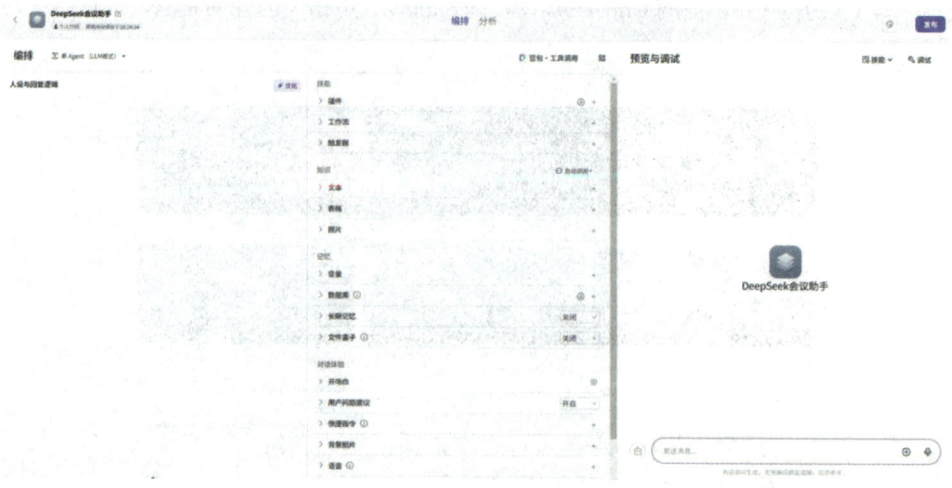

2. 测试与部署

（1）输入测试问题（如"会议的核心内容有哪些？"），验证搜索与回答的联动效果。

（2）发布智能体，获取公开链接或嵌入其他平台。

3. 总结与建议

（1）普通用户：优先选择支付宝百宝箱或 Coze 平台，无需代码且支持商用，适合快速搭建。

（2）开发者 / 企业：本地部署或使用百度千帆实现深度定制化，结合工作流和 API 扩展能力。

（3）注意事项：若需联网功能，需通过工作流集成搜索组件；本地部署时注意硬件兼容性与模型精度平衡。

附　录

DeepSeek 平台常见问题解答

基础功能与版本区别

Q1：DeepSeek 网页版、APP、API 调用和本地部署有什么区别？

A1：

– 网页版与 APP：功能完全一致，APP 是网页版的封装，无额外功能差异。

– API 调用：通过接口通信，能力与网页版相同，适合开发者集成到自有系统中。

– 本地部署：部署的是"蒸馏模型"而非满血版 DeepSeek-R1，能力较弱（32B 模型约为满血版的 90% 性能），需自行配置硬件。

模型与性能问题

Q2：DeepSeek 的网页版 /APP 是否使用满血版 671B 模型？

A2：是的。但满血 671B 响应速度较慢（尤其在生成长文本时）。

Q3：DeepSeek 是否支持多语言交互？例如英语、日语等？

A3：支持中英文混合输入，但主要训练语料为中文，非中文回答可能出现语法错误。若需使用其他语言（如日语），建议在提问时明确要求"用日语回答"，但准确度可能受限。

Q4：AI 回复到一半被撤回或输出空白是什么原因？

A4：

– 撤回：内容涉及敏感话题，触发二次审查过滤。

– 空白输出：可能因外网攻击或服务器异常导致。

本地部署与硬件配置

Q5：如何选择适合本地部署的模型大小？

A5：根据显存 + 内存总和选择相近模型。

Q6：如何更新本地部署的模型版本？

A6：执行 ollama pull deepseek–r1:8b 拉取最新版本，并定期备份模型文件。

使用技巧与工具

Q7：Markdown（.md）文件如何编辑？

A7：推荐使用 Typora 或 VS Code 打开和编辑，支持实时预览。

Q8：移动端 APP 是否支持离线模式？

A8：不支持。所有请求均需联网，离线状态下仅能查看历史记录（需提前加载缓存）。

Q9：如何通过第三方客户端（如 Chatbox）调用 DeepSeek API？

A9：

1. 获取 API Key 并填写请求地址（参考：https://docs.ucloud.cn/modelverse/scenario？ id=_21-%E5%85%B3%E4%BA%8Eopen-webui）。

2. 在客户端配置模型 ID（如 deepseek–ai/DeepSeek–R1）。

网络与服务器问题

Q10：遇到"服务器繁忙"或响应延迟怎么办？

A10：

– 备用入口：使用秘塔搜索、360 纳米 AI、Groq 等 14 个替代平台。

– 本地部署：通过 Ollama 框架本地运行模型（需高配电脑）。

– 错峰使用：避开晚间高峰时段。

Q11：模型下载速度慢或中断如何处理？

A11：

– 使用国内镜像源（如清华源）或分块下载工具（支持断点续传）。

– 通过第三方平台（如腾讯元宝）间接调用 DeepSeek。

进阶问题

Q12：企业级部署有哪些优化方案？

A12：推荐百度百舸的 DeepSeek-R1 企业解决方案，支持大规模训练与高效推理，结合昆仑芯硬件降低成本。

Q13：如何更新本地部署的模型版本？

A13：执行 ollama pull deepseek-r1:8b 拉取最新版本，并定期备份模型文件。

Q14：生成内容逻辑错误或乱码如何解决？

A14：

– 切换编码为 UTF-8（如 Chatbox 设置）。

– 添加限制条件（如"以官方文档为准"）并交叉验证结果。

其他实用提示

Q15：对话记录能保存多久？

A15：API 调用记录本地存储（无限时长，除非手动删除），网页/APP 版保存时间不明确。

Q16：Git 和 Node.js 必须安装在系统盘吗？

A16：建议安装至系统盘，否则后续配置可能报错。

Q17：模型输出的数字或事实明显错误如何修正？

A17：使用以下句式强制修正：

"请注意，上文提到的 [错误内容] 应为 [正确内容]，请重新生成并确保后续回答基于修正后的信息。"

Q18：如何清除 DeepSeek 网页版的历史对话记录？

A18：目前网页版未提供批量删除功能，需逐条手动删除。若使用 API，可通过删除本地存储的对话数据实现清理。

（如需进一步扩展特定领域的问题，可提供具体方向继续补充）

总结

以上解答覆盖了 DeepSeek 的核心使用场景与高频问题，如需更详细配置参数或企业级方案，可参考昇腾 DeepSeek 或 Ollama 官方文档。遇到未覆盖的问题，可加入 DeepSeek 开发者群获取实时支持。

DeepSeek 平台资源链接

一、官方核心资源

网页版入口：https://www.deepseek.com/

API 文档：https://api-docs.deepseek.com/zh-cn/

GitHub 开源项目：https://github.com/deepseek-ai

HuggingFace 模型库：https://huggingface.co/deepseek-ai

应用宝 APP 下载：https://sj.qq.com/appdetail/com.deepseek.chat

二、教程与文档

《DeepSeek 从入门到精通》第三版：https://pan.quark.cn/s/f78f3cd405f0

夸克网盘资源包（提示词 / 部署指南）：https://www.panziye.com/project/

ebook/14045.html

Ollama 本地部署教程：https://deepseek-free.github.io/deepseek-site/

三、第三方平台入口

秘塔 AI 搜索：https://metaso.cn

纳米 AI 免费版：https://www.n.cn/

火山引擎：https://www.volcengine.com/

无问芯穹加速版：https://cloud.infini-ai.com/genstudio

硅基流动：https://cloud.siliconflow.cn

四、进阶工具

Ollama 工具下载：https://ollama.ai/

本地模型运行命令：ollama run deepseek-r1:32b

五、注意事项

第三方平台可能存在访问限制或收费，建议优先使用官网。本地部署需显存 ≥ 24GB 以运行 32B 模型。

微信扫一扫，获取本书案例详细资料！